Laban Carrick Hill

Die Maske der 1000 Gefahren

1000 GEFAHREN
DU ENTSCHEIDEST SELBST!

In der Reihe „1000 Gefahren" sind erschienen:

RTB 52339
Vince Lahey
Der Fluss der 1000 Gefahren

RTB 52340
Edward Packard
Die Insel der 1000 Gefahren

RTB 52341
R. A. Montgomery
Die Schatzsuche der 1000 Gefahren

RTB 52342
R. A. Montgomery
1000 Gefahren auf eisigen Gletschern

RTB 52343
Edward Packard
1000 Gefahren zur Geisterstunde

RTB 52344
R. A. Montgomery
Der Urwald der 1000 Gefahren

RTB 52345
Fabian Lenk
Das Meer der 1000 Gefahren

RTB 52346
Fabian Lenk
Die Pyramide der 1000 Gefahren

RTB 52360
Fabian Lenk
Die Burg der 1000 Gefahren

RTB 52361
Fabian Lenk
Das Fußballspiel der 1000 Gefahren

RTB 52362
Fabian Lenk
Der Tempel der 1000 Gefahren

RTB 52363
Fabian Lenk
Die Wüste der 1000 Gefahren

RTB 52364
R. A. Montgomery
1000 Gefahren im ewigen Eis

RTB 52365
R. A. Montgomery
1000 Gefahren auf der Suche
nach Atlantis

RTB 52366
Edward Packard
1000 Gefahren im Weltall

RTB 52367
Edward Packard
1000 Gefahren unter Vampiren

RTB 52369
Edward Packard
1000 Gefahren im Auge des Hurrikans

RTB 52381
Fabian Lenk
Der Berg der 1000 Gefahren

RTB 52382
R. A. Montgomery
Das Verlies der 1000 Gefahren

RTB 52383
Laban Carrick Hill
Die Maske der 1000 Gefahren

Laban Carrick Hill

1000 GEFAHREN
DU ENTSCHEIDEST SELBST!

Die Maske der 1000 Gefahren

Aus dem Amerikanischen von
Eva Fensch

Mit Illustrationen von Maria Satter

Ravensburger Buchverlag

Als Ravensburger Taschenbuch
Band 52383
erschienen 2008

Die deutsche Erstausgabe erschien 2000
in der Reihe Ravensburger Taschenbuch
unter dem Titel
„1000 Gefahren – Gefährliche Verwandlung“.

Die Originalausgabe erschien 1996
bei Bantam Books,
a division of Bantam Doubleday Dell
Publishing Group Inc., New York
unter dem Titel
CHOOSE YOUR OWN NIGHTMARE®
8: BUGGED OUT!

Dieses Werk wurde vermittelt durch die
Literarische Agentur Thomas Schlück GmbH,
30827 Garbsen.

Umschlaggestaltung: Dirk Lieb
unter Verwendung einer Illustration
von Stefani Kampmann
Innenillustrationen: Maria Satter

Printed in Germany

1 2 3 4 5 12 11 10 09 08

ISBN 978-3-473-52383-2

www.ravensburger.de

Warnung!

Du hast bestimmt schon viele Bücher gelesen, in denen unheimliche Dinge passieren. Aber hier, bei den 1000 Gefahren, befindest du dich selbst mitten in der Handlung. Du bist derjenige, dem die unheimlichen Dinge passieren!

Du kannst also nicht einfach 'ne Fliege machen ... denn in dieser Geschichte verwandelst du dich plötzlich selbst in eine!

Zum Glück kannst du im Verlauf der Geschichte entscheiden, was du tun willst. Wenn du eine Entscheidung getroffen hast, lies auf der angegebenen Seite weiter. Es hängt ganz von deinen Entscheidungen ab, in welche spannenden und gefährlichen Situationen du als Nächstes gerätst.

Also sei vorsichtig! Und pass auf, dass die Fliegenklatsche dich nicht erwischt ...

„Hast du schon mal eine graue, glitschige, schleimige Nacktschnecke von Nahem angeguckt? Direkt vor deinen Augen?“, fragt dich Emily, deine beste Freundin.
Sie will, dass du das jetzt tust. Ihr sitzt in eurem Garten und sie hat gerade zwei eklige, klebrige Nacktschnecken entdeckt, die fröhlich an einer verfaulten Tomate mampfen. Sie beugt sich vor und winkt dich näher ran.
„Iiih!“, schreist du. „Ich hasse die Dinger.“
„Ach komm schon, es sind doch nur Schnecken.“ Emily steckt den Finger in einen Klumpen Schneckenschleim. Dann hält sie ihn sich unter die Nase und riecht daran.
„Ich glaub, ich muss kotzen“, sagst du.
„Was ist los? Geht's dir nicht gut?“, fragt sie.
Angeekelt schüttelst du den Kopf. „Ich könnte sehr gut ohne Schnecken, Käfer und das ganze Zeug leben. Sie sind eklig.“
„Wie kannst du so was sagen?“, ruft Emily.
„Schon wieder“, murmelst du leise. Emily ist verrückt nach allem, was klein ist und kriecht, krabbelt oder fliegt. Aber du kannst Insekten, Schnecken, Spinnen und Käfer nicht ausstehen. Das ist die einzige Sache, bei der ihr unterschiedlicher Meinung seid.

Lies weiter auf Seite 8

Emily erzählt: „Wenn man Salz auf eine Nacktschnecke schüttet, löst sie sich auf. Aber das ist gemein, sie tun einem ja nichts. Wusstest du, dass zwei Drittel aller Tierarten Insekten sind?" Emily hebt eine der Schnecken hoch und lässt sie über ihre Finger kriechen.
„Uahhh! Jetzt wird mir aber wirklich schlecht", sagst du. Dein Magen dreht sich schon fast um. „Ich nehme alle anderen Tiere und verzichte auf die Insekten."
Zum Glück steckt in diesem Moment deine Mutter den Kopf aus der Hintertür und ruft dich rein. „Aaabendessen!"
„Ciao, Emily. Tut mir Leid, dass ich nicht mehr bleiben kann", fügst du noch hinzu. Aber insgeheim bist du froh, dass es jetzt Essen gibt. Du weißt nämlich aus Erfahrung, dass Emily gerade mit ihrem Lieblingsthema weitermachen wollte: INSEKTEN!
„Viel Glück beim Theaterstück morgen", ruft sie dir noch hinterher, als sie über den Rasen nach Hause läuft.
Du gehst auf die Hintertür zu. Dieses Theaterstück ist wirklich das Letzte, an das du jetzt erinnert werden möchtest – du musst einen Dinosaurier spielen. Deine Lehrerin, Mrs Losewitz, hat dir die Rolle einfach aufs Auge gedrückt, und du hast schreckliches Lampenfieber.

Lies auf der nächsten Seite weiter.

Drinnen schüttet dein nerviger kleiner Bruder Jake gerade den letzten Schluck Milch in sein Glas. Du kneifst ihn in die Nase und setzt dich auf den Stuhl neben ihm. Auf dem Tisch steht eine große Platte voll mit Leber, Zwiebeln und Rosenkohl.

Dein Dad legt ein dickes Stück Leber auf deinen Teller. Es sieht aus wie eine riesige, glitschige braune Nacktschnecke.

„Jetzt wird mir aber echt schlecht", murmelst du.

„Was hast du gesagt, Schatz?", fragt deine Mama.

Du schüttelst einfach nur den Kopf.

„Vergiss nicht, von dem Paket von Onkel Bill zu erzählen", unterbricht dein Dad.

„Was für ein Paket?", fragst du aufgeregt.

„Iss dein Abendbrot", antwortet deine Mama. „Hinterher ist noch jede Menge Zeit für Onkel Bills Schnapsideen." Sie wirft deinem Dad einen vernichtenden Blick zu.

Du weißt aus Erfahrung, dass du Gefahr läufst, das Paket gar nicht zu bekommen, falls du es jetzt noch einmal erwähnst. Also konzentrierst du dich darauf, die Leber zu essen ohne sie zu schmecken. Du schneidest sie in winzige Stückchen, machst den Mund weit auf und legst ein dünnes Scheibchen ganz hinten auf die Zunge.

Lies weiter auf Seite 10

„Arrrgh!" Du würgst und fängst an zu husten. Damit du dich nicht verschluckst, streckt dein Dad den Arm aus und klopft dir kräftig auf den Rücken.
„Nicht", keuchst du, doch im selben Moment spuckst du das Stückchen Leber aus und es fliegt im hohen Bogen deiner Mutter auf den Schoß.
Du schnappst nach Luft und willst dich entschuldigen, aber deine Mama schüttelt nur den Kopf.
„Wenn du wie ein normaler Mensch essen würdest, würdest du dich auch nicht verschlucken! Und jetzt entfernst du diese Schweinerei und isst deinen Rosenkohl auf. Dann kannst du nach oben gehen und Onkel Bills Paket aufmachen."
Als du den Tisch abräumst, kichert Jake und rennt aus dem Esszimmer. Heute Abend war er eigentlich an der Reihe mit dem Abräumen.
Endlich ist die Küche sauber und du rufst deinen Eltern im Wohnzimmer zu: „Ich bin fertig. Kann ich jetzt nach oben gehen?"
„Okay, aber vergiss nicht, noch mal deinen Text für das Theaterstück morgen zu üben!", ruft dein Dad zurück.

Lies auf der nächsten Seite weiter.

Es läuft dir kalt den Rücken hinunter und du versuchst nicht an das Theaterstück zu denken. Aber es klappt nicht. Schon bei der Vorstellung, als Dinosaurier verkleidet auf die Bühne zu gehen, würdest du am liebsten im Boden versinken oder wegrennen – alles, nur nicht morgen in die Schule gehen.
Du versuchst an etwas anderes zu denken und gehst die Treppe rauf in dein Zimmer.
Auf deinem Schreibtisch steht eine große, verbeulte Schachtel. Sie thront auf einem Durcheinander aus Schulbüchern, einem Baseballhandschuh und ein paar Videospielen. Die Schachtel sieht aus, als sei sie einmal um die ganze Welt gereist, und das ist sie auch fast. Onkel Bill ist Anthropologe. Zurzeit erforscht er einen ausgestorbenen Volksstamm tief im Regenwald des Amazonas in Brasilien.
Du holst dein Taschenmesser raus, schneidest die außergewöhnlich schönen Briefmarken an der oberen rechten Ecke aus und heftest sie an deine Pinnwand. Du sammelst Briefmarken – du hast schon Dutzende aus aller Welt. Dann schiebst du das Messer unter das Klebeband und öffnest das Paket.

Lies weiter auf Seite **38**

„W-was i-ist das denn?“, stottert sie schockiert. „Diese Fliege hat ja blonde Haare!“ Emily weiß genau, dass alle Fliegen mit winzigen schwarzen Haaren bedeckt sind. Haare wie die auf der Maske.

Du bleibst unter der Lupe hocken und sie starrt dich genauer an. Dabei flüstert sie immer wieder: „Blonde Haare, blonde Haare, blonde Haare.“

Du willst schreien: „Das reicht!“, aber du weißt, dass sie gerade erst angefangen hat, die Fliege mit dir in Verbindung zu bringen. Also sitzt du so still, wie eine Fliege nur sitzen kann, was leider nicht besonders still ist. Du zuckst und reibst die Beine aneinander und streckst die Zunge raus und machst kleine Hopser, als hättest du einen nervösen Tick. Aber du bist nur eine Fliege, und das machen Fliegen nun mal.

Emily redet immer noch mit sich selbst. „Sie hat … sie hat … blonde Haare.“

Du schreist: „Wach endlich auf, Emily! Ich bin's! Ich bin's! Ja, ich bin keine Fliege. In Wirklichkeit bin ich ein Mensch.“

Aber man hört nur das nervige Summen, das Fliegen von sich geben. Deine Stimme hat sich ganz und gar in die einer Fliege verwandelt.

„Bist *du* das?“, fragt Emily zögernd.

Lies weiter auf Seite 23

Ein plötzlicher Schrei reißt dich aus deinen Träumereien.
„Eine Fliege!"
Sie haben dich entdeckt. Ein pfeifender Luftzug, und du taumelst in Richtung Fußboden.
Du knallst mit dem Gesicht gegen ein Stuhlbein. Du bist benommen und hast das Gleichgewicht verloren, aber dein Kopf wird schnell wieder klar und du merkst, dass du lieber abhauen solltest. Weg hier! Weg! Du fliegst niedrig, knapp über dem Fußboden, zur Tür.
Aber die Tür ist zu. Du bist gefangen.
Da siehst du einen schmalen Spalt unter der Tür. Runter! Tiefer fliegen! Tiefer!
„Puh", seufzt du. „Gerade noch geschafft."
Die Schwestern in der Säuglingsstation starren dich böse an, bereit dich sofort zu erschlagen, falls du noch mal wiederkommen solltest.
Du saust den Gang runter, so schnell du kannst.
Plötzlich bemerkst du einen herrlichen Geruch. Du weißt nicht genau, was für ein Duft es ist, aber er zieht dich in einen großen Raum.
„Essen!", schreist du.
Du hast die Cafeteria des Krankenhauses gefunden. Auf einem langen Tresen steht Tablett neben Tablett voll mit warmem Essen – dick paniertes Schnitzel, Makkaroni mit knallorangefarbenem geschmolzenem Käse, Kartoffelbrei aus der Tüte.

Lies weiter auf Seite 69

Das ewige Warten wird dir schnell langweilig. Außerdem hat Emily das Krankenhaus bestimmt schon wieder verlassen. Es wäre wahrscheinlich das Beste, nach Hause zurückzufliegen und zu hoffen, dass du sie dort wieder triffst.

Aber zuerst musst du unbedingt etwas zu essen finden. Du bist am Verhungern. Was Fliegen wohl essen? Eigentlich möchtest du es lieber nicht rausfinden. Bestimmt kannst du dich in ein Restaurant schleichen und ein paar Häppchen normales Essen klauen, ohne dass dich jemand bemerkt. Das einzige Problem ist, dass es hier in der Gegend keine Restaurants gibt, nur Lagerhäuser.

Du beschließt, dich ein bisschen umzusehen. Irgendwo muss es doch einen Supermarkt geben. Du fliegst die Straße runter, vorbei an lauter Gebäuden mit Backsteinfassaden und kleinen grauen Stahltüren. Keines davon sieht aus wie ein Supermarkt oder ein Restaurant.

Schon nach kurzer Zeit willst du aufgeben und nach Hause zurückfliegen. Doch da bemerkst du einen ausgeprägten Geruch, der dich irgendwie anzieht. Es ist ein süßlich saurer Duft, der dich in der Nase kitzelt und deinen Magen rumoren lässt.

Lies weiter auf Seite 21

Voller Panik fliegst du runter in die Küche. Deine Mama steht am Küchentisch und macht gerade dein Sandwich für die Lunchpause in der Schule. Alles was sie für dein Lieblingssandwich braucht, liegt neben ihr auf dem Tisch: Frühstücksspeck, Räucherwurst, Salat und Tomaten. Deine Mama beschmiert gerade vier Scheiben Brot mit Majonäse.
Du hast Hunger und verspürst das fast unkontrollierbare Verlangen, dich direkt auf eine saftige, reife, rote Tomatenscheibe zu stürzen. Das dicke Fruchtfleisch zieht dich magisch an. Du kannst dem berauschenden Aroma fast nicht widerstehen.
Doch zum Glück besinnst du dich noch rechtzeitig, bevor du im Sturzflug auf einer Tomate landest. Stattdessen summst du deiner Mama vor dem Gesicht herum, um ihre Aufmerksamkeit zu erregen. Doch sie scheucht dich ganz automatisch weg, sie merkt nicht mal, dass du da bist.
Du umkreist ihren Kopf und versuchst ihr ins Ohr zu schreien. „Bsss!", summst du wild. Aber sie wischt dich wieder weg.
Voller Verzweiflung landest du schließlich auf ihrer Nase.
„Ahhh!", schreit sie. Sie zuckt vor Schreck zusammen und schlägt nach dir, so heftig sie kann.

Lies weiter auf Seite **18**

„Hmmm. Ein seltenes Exemplar der Gattung *Diptera transmograe*", sagt der alte Mann. Er spricht mit einem seltsamen wienerischen Akzent. Er leuchtet dir mit einer hellen Lampe ins Gesicht und betrachtet dich ausführlich.

„Die Pupillen erweitern sich wie bei einem Menschen", spricht er laut vor sich hin.

Er zieht eine Pinzette aus der Tasche und dreht dich vorsichtig auf den Rücken. Er stupst dich mit der Pinzette an und wendet sich dann an die anderen.

„Es besteht kein Zweifel", sagt er. „Diese Fliege ist tatsächlich ein Mensch."

„Großartig", sagst du sarkastisch. Du weißt ja, dass dich sowieso niemand versteht. Du wirst langsam nervös und hungrig, während dieser Arzt nur Dinge feststellt, die doch offensichtlich sind. Du bekommst Lust, eine kleine Runde zu fliegen, und hebst ab.

„Setz dich wieder hin", befiehlt der Arzt plötzlich. Du hast gar nicht gemerkt, dass er dich beobachtet hat. Trotzdem gehorchst du.

„Kann dein Freund mich verstehen?", fragt der Mann Emily.

„Ja", antwortet Emily.

Der Mann setzt sich vor dich auf einen Stuhl und betrachtet dich durch eine riesengroße Lupe.

Lies weiter auf Seite 43

Du beginnst zu schreiben: **S C** … Emily nickt und geht zur Tür. „Ich muss erst noch mal nach Hause. Ich hab mein Mathebuch vergessen“, sagt sie. Du folgst ihr zur Hintertür.
„Geht ihr jetzt zur Schule?“, ruft deine Mama dir nach.
Emily bleibt stocksteif stehen. Ihr guckt euch an und überlegt verzweifelt, was ihr sagen sollt. „Ja! Aber wir müssen jetzt schnell los, sonst kommen wir zu spät!“, ruft Emily laut.
Du kannst nicht mehr verstehen, was deine Mama antwortet, denn ihr seid schon aus der Tür.
Als ihr bei Emily angekommen seid, lauft ihr schnell die Treppe rauf.
Als ihr am Schlafzimmer ihrer Mutter vorbeikommt, ruft eine Stimme: „Emily, sieh zu, dass du nicht zu spät zur Schule kommst.“
„Ja, Mama“, erwidert Emily und rast in ihr Zimmer. Schnell macht sie ihr Bett und kämmt sich die Haare.
„Und trample nicht immer wie eine Herde Elefanten die Treppe rauf. Wie oft muss ich dir das noch sagen?“
„Okay, Mama“, sagt Emily automatisch, obwohl sie gar nicht richtig zugehört hat.

Lies weiter auf Seite 90

18

Du verlierst das Gleichgewicht. Du schlägst mit den Flügeln und versuchst dich zu fangen, schaffst es aber nicht. Du plumpst mitten in einen Klecks Majonäse, den deine Mama gerade auf einem Stück Brot verstreichen will.
„Weg da!“, schreit sie und hebt die Hand, als wolle sie dich zerquetschen.
Du versuchst wegzufliegen, aber die Majo ist zu zäh und klebrig und du kannst nicht abheben. Schnell rollst du dich über die Kante des Brotes runter. Voller Schreck beobachtest du, wie deine Mutter eine zweite Scheibe Brot auf die Majo knallt, auf der du gerade noch gesessen hast. Das war knapp, denkst du besorgt.
Endlich kannst du dich wieder in die Luft erheben. Im selben Moment schlägt deine Mama mit der Hand auf die Stelle, an der du gehockt hast.
„Erwischt!“, schreit sie voller Freude.
Dann hebt sie die Hand und sieht den sauberen Küchentisch. Keine Fliegenleiche. „Daneben!“, murmelt sie enttäuscht. „Aber das nächste Mal bin ich vorbereitet.“
Deine Mama geht an den Besenschrank und holt eine Fliegenklatsche raus. Jetzt wird es ernst.

Lies weiter auf Seite 37

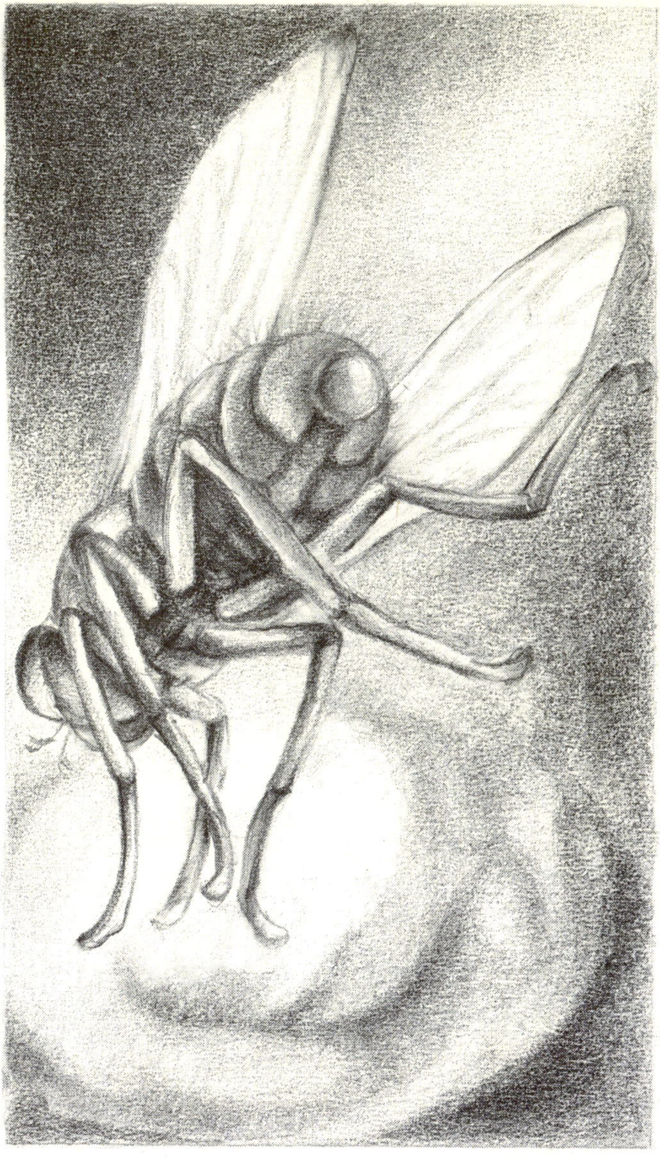

„Es ist nur deine Schuld, dass ich zu spät gekommen bin, du kleines Insekt", sagt Emily so leise wie möglich. „Meine Mama bringt mich um."

„Also, Kinder, ihr wisst ja, dass heute nach der Schule das Theaterstück aufgeführt wird. Ich erwarte, dass alle pünktlich hier ..." Mrs Losewitz verstummt mitten im Satz und sieht sich um. „Unser Dinosaurier fehlt!"

Emily legt die Arme auf die Tischplatte und den Kopf darauf.

„Emily", fragt Mrs Losewitz. „Wo ist unser Dinosaurier?"

„Krank", antwortet Emily ohne den Kopf zu heben. Sie hat Angst, Mrs Losewitz könnte sehen, dass sie lügt.

„Das ist eine Katastrophe!", stöhnt Mrs Losewitz. „Wir haben keine zweite Besetzung, und der Dinosaurier ist die wichtigste Rolle."

Aus Furcht, dass Mrs Losewitz vielleicht bei dir zu Hause anruft, sagt Emily: „Ich glaube, dem Dinosaurier wird es heute Nachmittag schon wieder besser gehen. Machen Sie sich keine Sorgen. Wir kommen bestimmt beide zum Theaterstück."

Wütend fliegst du zu Emilys Ohr und summst, so laut du kannst. Das Beste an deiner Verwandlung in eine Fliege ist doch, dass du *nicht* zum Theaterstück musst! Du hasst es, wenn Emily Versprechungen macht, die du nicht einhalten willst.

Lies weiter auf Seite 58

Ohne noch weiter nachzudenken, saust du los. „Abendbrot!", rufst du laut. Du fliegst so wild drauflos, als hättest du seit Tagen nichts mehr gegessen. Jeder einzelne Teil deines winzigen Körpers schreit nach Nahrung. Du kapierst selbst nicht ganz, was los ist. Du weißt nur, dass du jetzt sofort zu diesem Essen musst.

Der Geruch wird immer stärker, je näher du kommst. Er zieht dich an wie ein starker Magnet. Du hast keine Kontrolle mehr über deinen Körper, der wie von selbst auf diesen leckeren Duft zufliegt.

Den ganzen Weg über fragst du dich: Was ist das? Was riecht so fantastisch? Du biegst um eine Ecke. Deine Augen erblicken das Festmahl. Es ist ein absoluter Traum. Es ist das Größte. Es ist …

Ein riesiger grüner Müllcontainer voll mit verfaulenden Essensresten!

Du hättest dir nie und nimmer vorstellen können, dass ein Müllcontainer dich so anzieht. Aber du kannst es nicht leugnen. Du willst dich wahnsinnig gern in diesen stinkenden, schmierigen, ekligen Müllhaufen stürzen.

Wenn du meinst, dass du in den verfaulten Müll tauchen musst, lies weiter auf Seite 50

Wenn du glaubst, dass du dem ekelhaften Müllcontainer widerstehen kannst, lies weiter auf Seite 52

Im Labor seht ihr Mr Scully eilig hin und her rennen. Er sammelt die Reagenzgläser der letzten Stunde ein und verteilt neue. Wie üblich hängt ihm hinten das Hemd aus der Hose, seine Ärmel sind unterschiedlich weit hochgekrempelt und es sieht aus, als hätte er sich heute Morgen nur die eine Hälfte des Gesichts rasiert.
Emily schiebt sich an den Kindern vorbei, die in den Raum strömen. „Mr Scully! Mr Scully!“, ruft sie.
Mr Scully blickt hoch und entdeckt sie zwischen den anderen. „Du hattest doch versprochen, nicht mehr zu schwänzen, um öfter im Labor zu sein“, sagt er und schüttelt enttäuscht den Kopf. „Deine Stunde ist erst nach der Mittagspause. Also verzieh dich!“ Er dreht sich um und beschäftigt sich wieder mit den Vorbereitungen für die nächste Stunde.
„Warten Sie!“, bittet Emily. „Das ist ein Notfall!“
„Wir können das in deiner Stunde nach der Mittagspause diskutieren“, antwortet Mr Scully.

**Wenn du laut summst,
damit Mr Scully auf dich aufmerksam wird,
lies weiter auf Seite** **64**

**Wenn du dir sicher bist,
dass Mr Scully seine Meinung nicht ändert,
lies weiter auf Seite** **81**

Als Antwort kannst du nur summen. Du fliegst wieder zum Fenster rüber, in der Hoffnung, dass sie dir folgt. Du schleppst deinen Körper über die nasse, kalte Fensterscheibe und buchstabierst **HILFE!** Dann fällst du auf die Fensterbank, du bist nass und zu schwer zum Fliegen.

Jetzt kapiert Emily endlich. Sie läuft zum Fenster und zieht mit dem Finger die Buchstaben nach, die du geschrieben hast. Unbewusst lässt sie ihre Hand auf die Fensterbank fallen.

Klatsch.

Du zuckst zusammen. Wenn das so weitergeht, wirst du noch fürchterliche Kopfschmerzen bekommen. Das war knapp. Emilys Hand ist nur Millimeter neben der Stelle gelandet, an der du noch total hilflos und mit Wasser vollgesogen liegst.

„Oh nein!", schreit sie und hebt schnell ihre Hand hoch.

Du machst dich auf einen weiteren Schlag gefasst, aber Emily hält sich nur die Hand vor den Mund. Sie hat gerade gemerkt, dass sie um ein Haar Fliegenbrei aus dir gemacht hätte.

Lies weiter auf Seite 66

„Nun, ich weiß nicht so genau, was wir tun können", antwortet Mr Scully nachdenklich. „Wie verständigt ihr beiden euch?"

„Er versteht alles, was Sie sagen, und er kann schreiben, wenn er ein Bein in Tinte taucht", erklärt Emily.

Mr Scully lässt ein paar Tropfen Tinte aus seinem Füller auf ein Blatt Papier fallen. „Als Erstes musst du mir versprechen, dass du immer deine Hausaufgaben machen wirst und nie mehr zu spät zu meinem Unterricht kommst", sagt er zu dir.

Du sitzt bewegungslos da und verstehst nicht so ganz, wovon er redet.

Mr Scully wendet sich an Emily und sagt gereizt: „Ich dachte, er kann schreiben."

„Kann er ja auch", antwortet Emily.

„Also, sag deinem Freund, dass er versprechen muss, ein guter Schüler zu sein und im Unterricht keinen Unsinn mehr zu machen. Sonst …"

Bevor Mr Scully seinen Satz beenden kann, schreibst du schon: **VERSPROCHEN!**

Lies weiter auf Seite 31

Emily versucht die Situation von der witzigen Seite zu sehen. „Ich weiß ja, dass du keine Lust auf das Theaterstück hattest, aber das hier ist wirklich eine sehr merkwürdige Art, dich davor zu drücken!"
Du tauchst ein Bein in die Tinte. **NICHT LUSTIG**, schreibst du.
Emily lacht über ihren eigenen Witz. „Jetzt sollten wir uns aber schnell was einfallen lassen", sagt sie. „Wir brauchen Hilfe."
SAG'S NICHT MAMA, bittest du sie. Du bist wirklich nicht scharf darauf, eine Fliege mit Stubenarrest zu sein. Du brichst zusammen. Dein ganzer Körper ist starr vom Schreibkrampf.
„Bestimmt nicht", versichert sie dir. Dann beugt sie sich noch weiter runter. „Hör zu", sagte sie, „es gibt verschiedene Möglichkeiten, was wir tun können. Aber die Entscheidung musst du treffen. Wir können ins Krankenhaus gehen und fragen, ob sie uns dort helfen können. Oder wir können in die Schule gehen und Mr Scully fragen. Er ist ein super Entomologe. Er hat mir alles beigebracht, was ich über Insekten weiß."
Dir ist absolut unwohl bei dieser Entscheidung. Solltest du zu einem Arzt oder zu einem Insektenforscher gehen? Bist du noch ein Mensch? Oder bist du ein Insekt?

Wenn du meinst, dass du eher ein Mensch als ein Insekt bist, lies weiter auf Seite **27**

Wenn du meinst, dass du eher ein Insekt als ein Mensch bist, lies weiter auf Seite **17**

Vorsichtig hebst du die Maske aus der Schachtel. Weil du es so eilig hast, sie aufzusetzen, bemerkst du den feinen Staub nicht, der auf dein Gesicht, deine Haare und Schultern fällt. Die Maske wird hinter dem Kopf mit kleinen Lederbändern befestigt. Als du sie aufgesetzt hast, guckst du in den Spiegel über der Kommode. Du siehst aus wie eine gigantische Fliege aus einem Horrorfilm! Riesige, silbrige Augen starren aus einem schwarzen, dreieckigen Gesicht. Du lachst. Obwohl du Insekten hasst – und Fliegen ganz besonders – musst du zugeben, dass die Maske ziemlich cool ist.

Immer noch mit der Maske auf dem Kopf rufst du Emily an, um ihr von Onkel Bills Geschenk zu erzählen.

„Du musst unbedingt gleich rüberkommen und sie dir angucken."

„Hört sich super an!", sagt sie. „Aber ich kann nicht. Ich muss noch Mathehausaufgaben machen. Und außerdem", fügt sie sarkastisch hinzu, „solltest du dich noch ordentlich ausruhen, damit du für das Theaterstück morgen fit bist."

„Das wirst du mir noch büßen", warnst du.

„Ciao, Kumpel", antwortet Emily und legt auf.

Lies weiter auf Seite 76

Du tauchst dein Bein noch einmal in die Tinte und fängst an zu schreiben: **K R ...**
Doch bevor du weiterschreiben kannst, rennt Emily schon aus dem Zimmer. Sie ruft: „Komm mit!“, und stürmt aus dem Haus. Du fliegst hinter ihr her, so schnell du kannst. Zum Glück ist deine Mama gerade im Keller mit der Wäsche beschäftigt.
Emily marschiert die Straße entlang zur Bushaltestelle an der Ecke, du summst ein Stückchen hinter ihr. „Der Arzt wird das schon in Ordnung bringen“, sagt sie zu dir. „Mach dir keine Sorgen.“
Als ihr auf den Bus wartet, zieht ein seltsamer – aber unglaublich guter – Geruch an deiner Nase vorbei. Dein ganzer Körper zuckt plötzlich vor Aufregung. Du siehst dich suchend um, wo dieser wunderbare Geruch herkommt, und entdeckst schließlich Emilys Golden Retriever, der auf euch zutrottet. Das verstehst du nicht – Emilys Hund stinkt. Das hast du jedenfalls immer gedacht ... bis jetzt!
Der Hund nähert sich der Bushaltestelle, und du spürst das unwiderstehliche Verlangen, zu ihm hinzufliegen. Du summst um seinen Kopf herum, landest auf seinem Rücken und saugst den herrlichen Duft ein. Das ist besser als jedes teure Parfüm.

Lies weiter auf Seite 42

28

Im Krankenhaus stürmst du mit Emily in die Notaufnahme. Emily geht zum Empfang, wo ein paar Krankenschwestern stehen. „Ich habe hier einen Notfall", sagt sie.
Eine große, massige Krankenschwester, die wie ein Verteidiger aus der Footballmannschaft der Green Bay Packers aussieht, wirft Emily einen Blick zu. „Du siehst nicht sehr krank aus. Was hast du denn?"
„Nicht ich. Mein Freund." Du surrst neben Emily herum, und sie deutet auf dich.
„Für Witze haben wir keine Zeit", sagt die Krankenschwester und geht weg.
„Das ist kein Witz!", ruft Emily, aber die Krankenschwester ignoriert sie. Emily legt völlig verzweifelt den Kopf auf den Empfangstresen.
Du landest auf Emilys Hand und summst, so laut du kannst. Du hast eine Idee.
Emily kapiert, dass du ihr etwas sagen willst, und klaut einen Füller vom Tresen. Dann verzieht ihr euch ins Wartezimmer, das voller Leute ist. Emily schnappt sich eine Zeitschrift, auf der du schreiben kannst, und tropft etwas Tinte auf die Zeitschrift.
Du tauchst ein Bein in die Tinte und schreibst: **SAG IHNEN, DASS DU KRANK BIST.**
„Aber der Arzt merkt doch, dass das nicht stimmt", antwortet Emily.

Lies weiter auf Seite 75

Verzweifelt versuchst du dein Gleichgewicht wiederzufinden, als du plötzlich abrupt mitten in der Luft aufgehalten wirst. „Was ist das denn?“, schreist du.

Irgendetwas hat dich gepackt und hält dich fest – dreißig Zentimeter über dem Boden und ungefähr zehn Zentimeter von der Backsteinmauer entfernt. Du windest dich hin und her, um dich zu befreien, aber du wirst nur noch fester gepackt. Du willst sehen, was dich hält, und versuchst dich umzudrehen, aber du kannst nichts erkennen. Als hätte dich etwas Unsichtbares einfach so aus der Luft gepackt.

Du gerätst in Panik, und dein Herz fängt an zu rasen. Deine Beine zucken unkontrollierbar. Irgendwie kannst du dich überhaupt nicht mehr zusammenreißen.

Und dann siehst du es. Ein schwacher Lichtschimmer wird von den feinen Fäden eines Spinnennetzes reflektiert. Dein schlimmster Albtraum ist Wirklichkeit geworden. Du weißt genau, dass du keine Chance hast dich zu befreien, aber du drehst und windest dich trotzdem. Du hast keine Wahl. Du musst aus dem klebrigen Netz entkommen.

Aber während du noch zappelst, merkst du, dass du dich nur immer stärker in den Fäden verfängst, je mehr du kämpfst. Schließlich sackst du völlig außer Atem zusammen. Ich muss nachdenken, sagst du dir. Ich muss mich beruhigen. Sonst komm ich hier nie mehr raus.

Lies weiter auf Seite 53

„Ich muss echt aufpassen, wo ich mich hinsetze, oder ich bin ratz-fatz erledigt!“, summst du laut. Da kommt Emily ans Waschbecken. Die plötzliche Bewegung erschreckt dich. „Ooooh!“ Du hüpfst wieder, dann fällst du plötzlich einen Meter tief auf den Fußboden und landest auf dem Rücken.

„Alles okay?“, fragt Emily.

Mühsam kämpfst du dich wieder auf die Beine. Dann fliegst du auf ihre Hand. „Ja“, summst du und versuchst zu nicken.

„Warte“, sagt Emily. „Ich versteh dich nicht. Ich suche was zum Schreiben.“ Sie geht zu den Schränken an der Wand, aber sie sind alle verschlossen.

„Ich schätze, wir müssen einfach auf den Arzt warten“, sagt sie enttäuscht.

Ein paar Minuten verstreichen. „Wo bleibt denn dieser Arzt?“, fragt Emily ungeduldig.

Du wunderst dich auch. Du kannst nicht mehr länger warten. Deine Mama sagt zwar immer, dass du nicht genug Geduld hast, aber hier handelt es sich um einen Notfall. Du weißt nicht so recht, was du unternehmen sollst. Ist es besser, mit Emily zu warten? Schließlich seid ihr hier in Sicherheit. Oder solltest du versuchen rauszufinden, warum es so lange dauert?

**Wenn du rausfinden willst,
warum noch niemand gekommen ist,
lies weiter auf Seite** **32**

**Wenn du zusammen mit
Emily warten willst,
lies weiter auf Seite** **86**

Mr Scully nickt zufrieden und wendet sich an die Klasse, die gerade hereingekommen ist. „Heute gibt's einen Überraschungstest. Packt also die Bücher weg und beantwortet folgende Fragen." Mr Scully schreibt ein paar Fragen zur Verdauung der Würmer und Frösche an die Tafel. Du hörst, wie die Schüler stöhnen und seufzen.

„Er beschäftigt die anderen, damit er an dir arbeiten kann", flüstert Emily.

Mr Scully klopft auf eine Petrischale, in die du dich setzen sollst. Du landest und er kippt eine klebrige, süß schmeckende Flüssigkeit hinein, in der du fast ertrinkst. Sie überzieht deine Flügel, sodass du nicht mehr fliegen kannst, aber das ist dir egal, denn sie schmeckt wirklich lecker.

Als Nächstes hebt Mr Scully dich mit einer Pinzette hoch. Es fühlt sich an, als wolle er dich zerquetschen, aber dann lässt er dich auf einen Objektträger fallen und schiebt dich unter sein Mikroskop.

„Das hab ich ja noch nie im Leben ...", murmelt Mr Scully. „Wie zum Teufel ..."

Lies weiter auf Seite 40

Du entdeckst, dass die Tür des Untersuchungszimmers einen Spaltbreit offen steht. Also beschließt du, dich ein bisschen umzusehen. Du schlüpfst durch den Spalt und fliegst aus Versehen mitten in einen riesigen Haarschopf. Die Haare sind so dicht, dass du dich darin verhakst und nicht wieder rauskommst.

Während du dich noch drehst und wendest und versuchst dich zu befreien, bewegt sich der Kopf schnell den Gang entlang und durch eine Schwingtür. Die Haare kleben vor Haarspray und riechen ekelhaft süß. Mit jeder deiner Bewegungen scheinen sich immer mehr Haare um deinen Körper zu winden und dich weiter hineinzuziehen.

Inzwischen bewegt der Kopf sich schnell weiter. Plötzlich wird alles dunkel. Was ist hier los? Dann merkst du, dass die Person jetzt eine Art Hut trägt, und beruhigst dich wieder. Die Kopfbedeckung ist an den Seiten mit Gummiband befestigt, sodass kein Licht hindurchdringen kann.

Du hörst gedämpfte Stimmen. Du kannst gerade eben verstehen, was gesagt wird.

„Okay, Leute", sagt jemand. „Schneiden wir ihn auf. Diese Niere muss jetzt sofort raus."

Lies weiter auf Seite 59

Ohne nachzudenken springst du hoch und fliegst in Richtung Zimmerdecke. Schnell gibst du die Hoffnung auf, deine Mama jemals davon überzeugen zu können, dass du im Körper einer Fliege steckst.

Du willst dich dort verstecken, wo die Küchenlampe in der Decke befestigt ist. Du bist ganz sicher, dass deine Mama da nicht rankommt, ohne auf einen Stuhl zu steigen. Die Wärme der Glühbirne ist beruhigend – so angenehm, dass du darauf landest.

„Aaaauuuuuaaaaaa!", schreist du in einer Sprache, die nur Fliegen verstehen können. Du hast deine kleinen Füßchen an der heißen Glühbirne verbrannt! Deswegen also hängen in den Lampen immer so viele tote Fliegen und Motten. Sie verbrutzeln an den heißen Birnen. Jetzt merkst du langsam, wie gefährlich das Leben einer Fliege ist.

Deine angesengten Füße hämmern vor Schmerz. Es fühlt sich an, als würden sie immer noch kochen. Du musst sie irgendwo abkühlen. Aber wo?

Zum Glück fallen dir die Tomaten wieder ein. Die kühlen, feuchten Tomaten. Genau das Richtige, um den Schmerz in sechs verschmorten Füßen zu lindern.

Lies weiter auf Seite 91

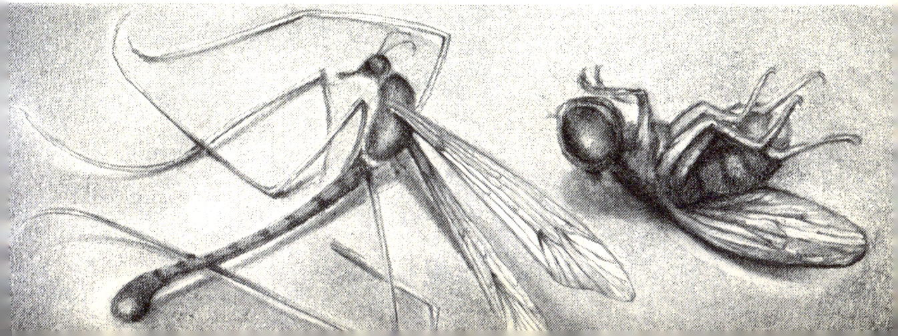

So wie die Spinne dich ansieht, ist dir sofort klar, dass sie wütend ist. Du hast sie erzürnt, weil du dich nicht in der Hülle hast einwickeln lassen. Aber noch viel schlimmer ist, dass die Spinne hungrig aussieht. Sie starrt dich an, als wärst du ein dreigängiges Menü!

Ohne dich aus den Augen zu lassen krabbelt die Spinne unendlich langsam das Netz runter auf dich zu. Du strampelst wild und spürst plötzlich, dass sich ein Bein befreit hat. Du drehst fast durch. So kräftig wie du nur kannst bewegst du ruckartig deinen ganzen Körper, und es lösen sich noch zwei Beine.

Ein Hoffnungsschimmer steigt in dir auf. Du wirfst einen Blick auf die Spinne. Sie kommt unbeirrt näher, lässt sich aber Zeit.

Du windest dich wieder und schaffst es, deinen Rücken teilweise aus dem Netz zu reißen. Deine Aufregung wächst. Du arbeitest noch heftiger. Stückchen für Stückchen löst du dich aus dem Netz!

Lies weiter auf Seite 35

Während du kämpfst, verlierst du die Spinne aus den Augen. Du weißt nicht, wie nah sie schon an dir dran ist. Du weißt jetzt nur, dass es ein Wettkampf ist, den du gewinnen musst. Plötzlich – aus dem Nichts heraus – macht die Spinne einen Satz. Ihre acht kräftigen Beine umschließen dich. Du spürst einen leichten Stich, fast wie einen Biss. Dein Körper wird starr und gefühllos …

Ende

Plötzlich und unerwartet wirst du von einem merkwürdigen Geruch abgelenkt. Es riecht irgendwie bitter, ganz anders als die Käsemakkaroni. Du erkennst nicht, was es ist, aber du fühlst, wie dein ganzer Körper zu diesem Geruch hingezogen wird. Du rutschst und schlängelst dich durch eine Makkaroniröhre, und da ist es …

Feine, haarähnliche Fäden wachsen auf dem Essen, unsichtbar für das menschliche Auge, aber nicht für deinen Fliegenblick. Du schlitterst neugierig darauf zu, um rauszukriegen, was das ist. So was hast du noch nie gesehen. Aus jedem einzelnen Härchen scheinen Tausende und Abertausende kleiner Organismen herauszubrechen, die genauso aussehen wie auf den Fotos in deinem Biobuch.

Und es riecht so was von gut!

Du leckst einmal dran, dann noch mal. Der Geschmack kommt dir irgendwie bekannt vor und du wunderst dich, wo du so etwas wohl schon mal gegessen hast. Dann fällt es dir wieder ein. Das hier ist Schimmel. Es schmeckt wie verschimmelter Käse.

„Igitt!“, schreist du. Aber es ist wirklich lecker.

Bevor du richtig merkst, was los ist, fängt dein Körper plötzlich an zu grummeln, als ob du mordsmäßige Bauchschmerzen hättest. Du hast das Gefühl, dass der Schimmel sich in deinem Magen vermehrt. Du bist kurz davor zu explodieren! Deine Haut wird immer straffer, je mehr dein Magen sich vergrößert. Die Schmerzen sind unerträglich.

Lies weiter auf Seite **78**

Entsetzt über die brutalen Gemeinheiten deiner Mama schwebst du über den Küchenschränken. Zum ersten Mal erkennst du, wer deine Mama wirklich ist: ein blutrünstiger Insektenkiller!

Wie sollst du bloß an sie rankommen? Sie ist deine Mama. Und sie weiß immer die richtige Antwort auf alle Probleme, wie verrückt sie auch sein mögen. Du weißt, dass sie dir helfen kann …

Swuuuschschsch!

Die Fliegenklatsche saust ganz knapp an dir vorbei. Jetzt musst du schnell nachdenken. Kannst du deiner Mama irgendwie klarmachen, dass du ihr Kind bist? Oder solltest du dich zur Sicherheit lieber in dein Zimmer zurückziehen und erst mal nachdenken, wie du am besten vorgehst?

**Wenn du deiner Mama klarmachen willst,
dass du dich in eine Fliege verwandelt hast,
lies weiter auf Seite 60**

**Wenn du lieber den Rückzug antreten
und aus der Küche fliegen willst,
lies weiter auf Seite 62**

„Wow!“, flüsterst du voller Ehrfurcht. Die Kiste ist sorgfältig mit Stroh ausgestopft, und in der Mitte liegt die unglaublichste Maske, die du je gesehen hast. Schnell ziehst du den Brief deines Onkels heraus.

Hallo!
Ich dachte, das gefällt dir bestimmt! Mit dieser Maske wurde eine winzige Fliege aus der Familie Diptera transmograe verehrt. Die Zeremonien waren geheim und ich habe nicht viel darüber rausbekommen können. Die Legende sagt, dass Menschen sich dabei in Fliegen verwandeln. Die Maske selbst ist mit den Härchen von Tausenden von Fliegen bedeckt, die mit klebriger Fliegenspucke befestigt worden sind. Es kann bis zu einem Jahr dauern, so eine Maske herzustellen. Ich halte dich auf dem Laufenden, wenn ich mehr darüber rausfinde, wie die Maske benutzt wird.
Viele Grüße,
dein Onkel Bill

Lies weiter auf Seite 26

Mit der Pinzette breitet er deine Flügel aus und sticht dir dabei fast ins Auge.

Als er dir dann auch noch ein Haar ausreißt, schreist du laut: „Autsch!"

„Was war denn das?" Mr Scully hebt den Kopf. „Hat dein Freund etwas gesagt?", flüstert er Emily zu.

„Na ja, schwer zu sagen, aber wenn er sprechen will, kommt immer dieses Summen, glaube ich", sagt sie und zuckt mit den Schultern.

Mr Scully kratzt sich am Kopf. „Aha … kann sich also immer noch sprachlich artikulieren … wenn auch nicht in für uns verständlicher Form." Er lässt dich Hals über Kopf wieder in die Petrischale fallen und du verschluckst dich an der süßen Flüssigkeit. Ob man einer Fliege wohl auf den Rücken klopfen kann? Wenn ja, dann wäre jetzt die Gelegenheit.

„Eine seltsame Zellstruktur für eine Fliege", erklärt Mr Scully Emily. „Die Zellwände bestehen nämlich aus Polysaccharid, das ist sehr ungewöhnlich. Daraus lässt sich schließen, dass diese Zellen formbar sind, oder anders gesagt, wandelbar."

„Wovon sprechen Sie?", fragt Emily.

Lies weiter auf Seite 67

„Ist eigentlich die Mutter der Fliege benachrichtigt worden?", fragt einer der Ärzte. Emilys Frage ignoriert er.
Die Ärzte sehen sich ratlos an in der Hoffnung, dass einer der anderen vielleicht mit deiner Mutter telefoniert hat.
Dr. Joyce wendet sich an Emily. „Wir brauchen die Telefonnummer deines Freundes."
Emily will protestieren, aber ein anderer Arzt schneidet ihr das Wort ab und erklärt, dass sie dir ohne die Erlaubnis deiner Eltern nicht helfen können. Sie gibt nach und diktiert ihnen deine Nummer.
Schon kurze Zeit später stürmt deine Mama mit deinem kleinen Bruder Jake im Schlepptau in den Raum. Aber sie sind nicht allein gekommen. Hinter ihnen betritt unauffällig ein alter Mann das Zimmer. In seinem sauberen weißen Hemd und dunklen Anzug sieht er aus wie ein Bestattungsunternehmer, aber man merkt, dass die anderen Ärzte Respekt vor ihm haben. Als er hereinkommt, treten sie zur Seite.
Deine Mama schiebt Jake aus dem Raum und sagt ihm, er solle draußen warten.
Als Jake abzischt, bemerkst du, dass er die Fliegenmaske in der Hand hält. Du willst Bescheid sagen, dass sie ihm die Maske wegnehmen müssen, bevor er sich auch in eine Fliege verwandelt, aber du weißt, dass dich keiner verstehen wird. Du betest, dass dein kleiner Bruder nicht so blöd ist, die Maske auszuprobieren.

Lies weiter auf Seite 16

„Oh, nein!", stößt du hervor. Jetzt bist du wirklich eine Fliege. Das ist genau der Geruch, der Fliegen anlockt!
Emily ruft dich. „Komm! Der Bus ist da!"
Sie steigt in den Bus und winkt dir ihr zu folgen.
Der Busfahrer sieht an ihr vorbei und entdeckt den Hund. „Hunde werden nicht befördert!"
Emily starrt ihn an, als sei er verrückt geworden, und bezahlt ihre Fahrkarte. Du zischst durch ein offenes Fenster und folgst ihr zu einem Sitzplatz im hinteren Teil des Busses.
Dir wird klar, dass ihr eine lange Busfahrt vor euch habt, und du weißt nicht so genau, ob du das wirklich willst. Solltest du es dir vielleicht anders überlegen? Die Idee mit dem Krankenhaus klingt nicht so wahnsinnig Erfolg versprechend. Wie soll ein Arzt dir schon helfen? Du bist unentschlossen, was du machen sollst. Je mehr du darüber nachdenkst, desto mehr verlierst du den Mut.

Wenn du trotzdem mit Emily zum Krankenhaus fährst, lies weiter auf Seite 28

Wenn du Emily nur so lange folgen willst, bis dir etwas Besseres einfällt, lies weiter auf Seite 48

„Mein Name ist Dr. Mowbray, und ich bin Spezialist auf dem Gebiet der Entomologie. Mit anderen Worten, ich bin Insektenforscher."

Du nickst und hast plötzlich das starke Gefühl, dass er dein Nicken sehen kann.

„Mein Spezialgebiet ist die Isolation des Gens für optische Wahrnehmung bei Fliegen." Er hustet. „Vielleicht hast du von meinem letzten Experiment gehört, bei dem ich einer Fliege auf Flügeln und Beinen habe Augen wachsen lassen?"

Du nickst wieder, obwohl du noch nie davon gehört hast.

„Nun ja", fährt Dr. Mowbray mit einem leisen Kichern fort, „dein Problem ist ein bisschen schwieriger als einfach nur Gene zu verändern."

Er zieht ein Blatt Papier aus der Tasche. Dann rückt er seine Brille zurecht und wendet sich an deine Mutter. „Ich muss Ihnen leider mitteilen, dass ich Ihrem Sohn nur helfen kann, wenn Sie diese Verzichtserklärung unterzeichnen."

Deine Mutter steht starr wie ein Statue da und hört ihm zu.

Dr. Mowbray fährt fort: „Sehen Sie, ich kann nicht garantieren, dass ich Ihrem Kind helfen kann. Aber ich kann Ihnen mit Sicherheit garantieren, dass Ihr Sohn ohne meine Hilfe innerhalb der nächsten achtundvierzig Stunden sterben wird."

Lies weiter auf Seite 46

„Hol mal einen Laborkittel", sagt sie zu jemandem.
Kurz darauf wird dir ein Baumwollkittel um die Schultern gelegt. Du bist überrascht, dass du schon fast reinpasst. Du merkst, wie schnell du wächst.
Du versuchst zu sprechen. „Ich … ich … hab … Hunger."
Aber bevor die Worte richtig draußen sind, schreit Emily plötzlich vor Entsetzen auf. Völlig geschockt weicht sie von dir zurück.
„Was ist los?", fragst du verwundert. Du drehst dich um und siehst in einem hohen Metallschrank neben Mr Scullys Pult dein Spiegelbild.
Du stößt einen schrillen Schrei aus. „Das kann doch nicht sein!" Du blinzelst und guckst noch einmal. Aber es hat sich nichts verändert. Dein Spiegelbild ist wieder eine menschliche Gestalt – aber so sieht niemand sonst auf dieser Welt aus. Du hast sechs Arme, drei auf jeder Seite!
Vor Schreck schlägst du die Hände vor den Mund. Alle sechs bedecken dein Gesicht und du erstickst fast.
Hinter dir schlurft Mr Scully auf den Schrank zu.
„Ach du meine Güte, ich glaube, da habe ich einen Schnitzer gemacht", sagt er mit einem nervösen Lachen. „Vielleicht kann ich dich in eine Fliege zurückverwandeln. Wie wär's damit?"

Ende

Wie in Trance nimmt deine Mutter den Zettel und unterschreibt ihn.
Dr. Mowbray wendet sich an die anderen Ärzte und fragt, ob jemand ein Stück verschimmelten Käse hat.
„Was?", fragt deine Mama ungläubig.
Dr. Mowbray dreht sich zu ihr um. „Die schnelle Vermehrung von Schimmel scheint die entgegengesetzte Reaktion des Vorgangs zu sein, dem Ihr Kind zum Opfer gefallen ist. Ich werde versuchen, ihm seine normale Gestalt wiederzugeben, indem ich es Schimmelsporen essen lasse", erklärt er. „Es funktioniert nach dem gleichen Prinzip wie ein trockener Schwamm. Wenn man Wasser hinzufügt, dehnt er sich aus. Ich werde ihm also Sporen geben, die sich mit unglaublicher Geschwindigkeit vermehren. Wenn meine Hypothese korrekt ist, wird Ihre Fliege schon nach wenigen Minuten wieder ein Mensch sein. Falls nicht, müssen wir einfach etwas anderes probieren."
Im Raum herrscht sprachlose Stille.
Dann spricht Dr. Joyce als Erste. „Ich bin mir nicht so sicher, dass das Sinn macht, Dr. Mowbray."
„Es soll ja auch keinen Sinn machen. Es soll dieses Kind retten!", erwidert Dr. Mowbray wütend. „Und jetzt beeilen Sie sich. Wir haben nicht mehr viel Zeit. Ich weiß nicht, wie lange das Kind als Fliege leben kann."

Lies weiter auf Seite 65

Du rufst noch mal um Hilfe, aber diesmal hörst du nur ein seltsames Summen in deinen Ohren. Es ist ein gleichmäßiges, brummendes Geräusch, fast wie das Summen eines Kühlschranks. Und als du dieses Geräusch hörst, werden das Jucken und der Schmerz weniger. Das Brummen beruhigt dich, und du beginnst zu glauben, dass alles nur ein böser Traum war. Du schwörst dir, nie wieder mit Emily über Insekten zu reden. Dann schläfst du sofort ein.

Am nächsten Morgen klopft deine Mama an deine Zimmertür. „Aufstehen!", ruft sie. Wie immer rollst du dich zu einer Kugel zusammen und greifst nach der Decke.

Aber da ist keine Decke. Du tastest mit der Hand, aber du fühlst nur das straff gespannte Laken unter dir. Widerwillig öffnest du die Augen. Alles sieht anders aus als sonst. Du blinzelst.

Dein Zimmer ist viel größer geworden. Dein Bett scheint so lang zu sein wie zwei Fußballfelder. Dein ganzer Körper bedeckt nur einen winzigen Teil des Kopfkissens.

Was ist hier los?

Du schreist. Aber man hört nur „BSSSSSSSS!"

Lies weiter auf Seite 68

Ein starker Windstoß, der durchs offene Fenster des Busses kommt, klatscht dich gegen ein Plakat, auf dem für Laseroperationen gegen Warzen geworben wird. Zum ersten Mal in deinem Leben findest du, dass Leute mit Warzen Glück haben. Sie können sich ihre Warzen wenigstens mit einem Laserstrahl entfernen lassen. Das ist ziemlich cool. Du aber bist eine Fliege, ungefähr die niedrigste Lebensform auf diesem Planeten. Alles ist besser als eine Fliege zu sein.

Der Bus hält an einer roten Ampel. Emily hat den Kopf in ein Buch vergraben. Du hockst dich neben sie auf die Kante am Fenster. Nach ein paar Minuten setzt sich der Bus wieder abrupt in Bewegung. Holla! Du verlierst das Gleichgewicht und fällst aus dem Fenster!

Du kannst dich gerade noch fangen, bevor du unter die Räder des Busses kommst und platt gewalzt wirst. Aber bis du wieder im Gleichgewicht bist, ist der Bus schon fast am anderen Ende der Straße. Verzweifelt versuchst du ihn einzuholen. Du betest, dass er anhalten muss, weil jemand einsteigen will.

Aber stattdessen wird der Bus immer schneller. Anscheinend will niemand ein- oder aussteigen. Du siehst dich um und merkst, dass du im Industriegebiet bist. In diesem Teil der Stadt kennst du dich nur schlecht aus.

Lies weiter auf Seite 56

Du schlägst einen Looping. Dann hängst du dich kopfüber an die Decke. Zum Glück wird dir überhaupt nicht schwindlig oder schlecht. Irgendwie macht dieses Fliegenzeug sogar Spaß. Du kreist in deinem Zimmer rum und denkst immer wieder: Total cool!

Dann fällt dir ein, dass du ja im Theaterstück in der Schule nicht mitspielen kannst, wenn du eine Fliege bist. Genial! Das, wovor du dich seit Wochen gefürchtet hast, hat sich damit erledigt!

Da entdeckst du ein paar übrig gebliebene Krümel von einem Keks, den du vor einer Woche in dein Zimmer geschmuggelt hast. Frühstück! Du machst einen Sturzflug darauf zu und lutschst dann an einem winzigen, trockenen Krümelchen. Was für ein Festessen!

Das Geräusch von Schritten auf der Treppe warnt dich, dass jemand kommt. Wer immer es auch sein mag – hoffentlich will er in ein anderes Zimmer. Du brauchst Zeit … Du musst erst mal rauskriegen, was überhaupt mit dir passiert ist. Wie hast du dich in eine Fliege verwandelt? Kann es rückgängig gemacht werden?

Die Tür zu deinem Zimmer wird aufgerissen und Emily stürmt herein. Sie klopft nie an.

„Hey!", ruft sie und bleibt abrupt stehen. „Wo bist du denn? Deine Mama hat gesagt, du seist noch hier oben."

Lies weiter auf Seite 80

50

Du bist jetzt wirklich und wahrhaftig eine Fliege. Du magst das, was Fliegen mögen, zum Beispiel verfaulten Müll. Was kannst du dagegen schon machen?

Nichts. Also stürzt du dich hinein. Was ist so schlimm an halb gegessenen Hamburgern, glitschigen braunen Salatblättern, matschigen Tomaten und fauligen Bananen?

Es ist ein echter Festschmaus, und du bist dabei nicht allein. Hunderte von Fliegen summen in dem Container rum und knabbern an Delikatessen wie grünlich gelben Hähnchenstücken, durchweichten Pommes frites und unzähligen anderen Sachen, die schon zu verrottet sind, um sie noch zu identifizieren. Du entdeckst sogar ein paar deiner früheren Feinde: Nacktschnecken.

Du beobachtest einen ganzen Fliegenschwarm, der auf einem besonders lecker aussehenden Papierteller voller Kartoffelbrei, Cola und großen Ananasstücken herumsummt. Und was das Schlimmste ist: Langsam beginnst du zu verstehen, was sie sagen. In einem einzigen Getöse brummen sie alle: *„Essen, Essen, Essen, Essen, Essen!"*

Sie rufen es in einer Art Sprechgesang wie eine Gruppe total verrückt gewordener Cheerleader. Und in dem Moment merkst du, dass du auch „Essen!" rufst. Es ist wie ein riesiger Sprechchor!

ESSEN! ESSEN! ESSEN!

Lies weiter auf Seite 94

Emily schnappt sich einen Kuli aus Dr. Joyces Tasche, lässt ihn auf den Fußboden fallen und zertritt ihn mit dem Absatz ihres Schuhs. Dann beugt sie sich vor, hebt den Stift auf und schüttelt einen großen Klecks blauer Tinte auf die Papierbahn, mit der die Liege bedeckt ist.

Sofort tauchst du dein Vorderbein in die Tinte und schreibst klar und deutlich: **HILFE!**

Dr. Joyce runzelt die Stirn. „Wie hast du ihr das beigebracht?"

Da fängt Emily an zu weinen. Die Tränen strömen über ihre Wangen. „Ich schwöre, ich hab ihm nichts beigebracht", schluchzt sie immer wieder.

Geschockt beobachtest du die Szene. Den Rest deines Lebens als Fliege zuzubringen, das ist wirklich das Letzte, was du dir wünschst … besonders, weil Fliegen nur ein paar Tage leben!

Emily beruhigt sich wieder so weit, dass sie zwischen zwei Schluchzern sagen kann: „Fragen Sie ihn irgendwas. Das beweist, dass ich nicht lüge."

Um Emily zu besänftigen, fragt Dr. Joyce dich: „Okay, was ist dein Lieblingsfach in der Schule?"

Du schreibst: **SPORT!**

Dr. Joyce lacht. „Diese Fliege muss wirklich ein Kind sein. Nur ein Kind würde so antworten."

Lies weiter auf Seite 61

Ein Müllcontainer ist nicht unbedingt der Ort, an dem du essen möchtest, egal, ob du ein Mensch oder eine Fliege bist. Aber ob du's glaubst oder nicht, du fliegst zu schnell. Du kannst nicht mehr mitten in der Luft anhalten und knallst gegen die kalte Seite des Metallcontainers.

RUMS!

Du fällst zu Boden. Du brauchst ein oder zwei Minuten, um wieder zu dir zu kommen. Du stellst dich wieder auf deine wackligen Beine, aber dein Kopf dreht sich noch zu schnell um loszufliegen. Du fragst dich, ob Fliegen wohl eine Gehirnerschütterung kriegen können. Wenn ja, dann hast du jetzt eine.

Immer noch ein bisschen benommen hopst du hin und her und versuchst, wieder einen klaren Kopf zu bekommen. Dein Magen grummelt und erinnert dich daran, dass du auf der Suche nach einem Snack warst, als du gegen den Container gekracht bist. Dir fällt wieder ein, dass du einem Geruch gefolgt bist. Einem unglaublich guten Geruch. Du schnupperst, ob der Duft noch da ist.

Mmmmmm! Du versuchst abzuheben. Deine Entscheidung, dich nicht von den verrotteten Essensresten zu ernähren, hast du schon wieder total vergessen. Wild mit den Flügeln flatternd schaffst du es, etwa dreißig Zentimeter vom Boden abzuheben und dich nach rechts zu drehen, aber du knallst wieder gegen den Container. Du kämpfst dich wieder hoch und fliegst torkelnd nach links auf eine Backsteinmauer zu.

Lies weiter auf Seite 29

Du holst zweimal tief Luft und hebst dann vorsichtig deinen linken Flügel. Das klebrige Spinnennetz dehnt sich, löst sich aber nicht. Du versuchst es mit dem rechten Flügel, aber das Ergebnis ist dasselbe. Du steckst hoffnungslos fest.
„Aaaaahh!“, schreist du und siehst dich verzweifelt nach der Spinne um, die dieses Netz gemacht hat. Die silbrigen Fäden kleben an deiner Wange wie Zuckerwatte. Es fühlt sich total eklig an. Du willst es abwischen, aber alle deine sechs Beine sind fest gewickelt.
Plötzlich fliegt über dir ein glitzernder Faden durch die Luft und landet quer über deinem Körper. „Das darf nicht wahr sein“, flüsterst du. Aber es ist wahr!
Du weißt sofort, dass du so gut wie tot bist, wenn die Spinne dich einwickelt. In diesem Moment kommt der nächste Faden in einem Bogen von hoch über dir auf dich zu. Du lehnst dich weit zur Seite und weichst ihm aus. Fast sofort fliegt ein weiterer Faden hinterher. Und wieder beobachtest du seinen langsamen Fall und schwingst dich aus dem Weg. Dieser Tanz geht noch ein paarmal so weiter, bis du plötzlich aus dem Augenwinkel … eine riesenhafte, haarige schwarze Spinne auf dich zukrabbeln siehst!

Lies weiter auf Seite 34

Du *musst* sie auf dich aufmerksam machen. Du summst um ihren Kopf herum und landest auf ihrer Nase. Aber obwohl du ihre Wange hochkrabbelst und fast erschlagen wirst, wendet Emily den Blick nicht von der Maske. Wenn sie einmal etwas entdeckt hat, ist es fast unmöglich, sie davon abzulenken. Du versuchst einen letzten Ausweg und fliegst unter die Lupe, sodass du zwischen Lupe und Maske sitzt.

„Das gibt's ja nicht!", schreit Emily sofort.

Du hockst dich mitten unter die Lupe und versuchst verzweifelt, Emilys Blick auf dich zu ziehen. Denn du weißt, dass du die seltsamste Fliege bist, die sie je gesehen hat. Du bist ganz sicher, dass sie dich wiedererkennt, obwohl du jetzt eine Fliege bist. Sie muss doch merken, dass du blonde Haare auf dem Kopf hast. Wie viele Fliegen sind schon blond?

Von dieser Seite der Lupe sieht Emily für dich wie ein Monster aus. Ihre Augen sind so groß wie Planeten. Ihre Nase könnte ganz Kalifornien bedecken. Ihre riesigen Wimpern zucken und sie blinzelt. Automatisch duckst du dich. Durch die Lupe wirkt es so, als sei Emilys Gesicht nur wenige Millimeter von dir entfernt.

Lies weiter auf Seite 12

Verzweifelt versuchst du dem Bus zu folgen, aber deine kleinen, wild brummenden Flügel können es nicht mit einem Bus aufnehmen, der auch noch fünfzehn Stundenkilometer schneller fährt als erlaubt.
Schon nach kurzer Zeit bist du völlig erschöpft und musst dich auf einem Hydranten ausruhen. Du fängst an zu überlegen und bekommst plötzlich Panik. Emily ist deine einzige Verbindung zur Welt der Menschen.
Sie ist die Einzige, die weiß, dass du nicht einfach irgendeine Fliege bist. Und jetzt hast du sie verloren.
Du schätzt, dass du noch ungefähr fünfzehn Kilometer vom Krankenhaus entfernt bist, und so weit kannst du nicht fliegen. Deine Flügel haben einfach nicht genügend Kraft dafür.
In diesem Moment saust ein anderer Bus vorbei und der Luftzug fegt dich fast vom Hydranten. Das bringt dich auf eine Idee. Du könntest ja an der Ampel warten und mit dem nächsten Bus zum Krankenhaus fahren.
Glücklich über diese schlaue Idee summst du zurück zur Ampel und wartest. Und wartest. Und wartest. Aber es kommt kein Bus. Wie gewöhnlich sind die Busse total unpünktlich.

Lies weiter auf Seite 14

Emily ist schon oft nach der Schule länger in Mr Scullys Labor geblieben, um Experimente zu machen. Wenn sie von Mr Scully erzählt, bekommt man den Eindruck, dass er ein Genie ist. Alles was Emily über Insekten weiß, hat sie von ihm gelernt, also muss er sich ja wohl auskennen.

Emily schnappt sich ihren Rucksack und macht sich auf den Weg. „Na los, sonst kommen wir noch zu spät." Sie poltert die Treppe runter wie ein riesiger Dinosaurier. Ihre Mutter ruft irgendwas, aber du verstehst es nicht, weil Emily dir gerade fast die Tür ins Gesicht knallt.

„Hey, Emily, hast du mich schon wieder vergessen? Dein bester Freund, die Fliege?", summst du verärgert. „Also, wenn du willst, dass ich bei dir bleibe, dann sei bitte ein bisschen vorsichtiger." Du weißt, dass Emily dich nicht verstehen kann, aber du sagst es trotzdem.

Emily hört dein Gesumme und dreht sich um. „Los, komm! Wenn ich zum dritten Mal diese Woche zu Mrs Losewitz' Ansagen vor der ersten Stunde zu spät komme, bringt sie mich um."

Emily kommt ständig zu spät, und das heißt, dass du auch immer zu spät dran bist, denn ihr geht jeden Morgen zusammen zur Schule.

Lies weiter auf Seite 63

Da ertönt die Klingel zur ersten Stunde und unterbricht Mrs Losewitz' Ansagen. Alle drängeln sich aus dem Klassenzimmer, froh, dass sie ihren Klauen entkommen sind.

Emily hat jetzt Mathe. Die Gänge sind voller Kinder, die an ihren Schließfächern stehen, sich in kleinen Grüppchen unterhalten oder schon auf dem Weg zur nächsten Stunde sind. Du fliegst über Emily, die sich durch die Menge schiebt, und versuchst ihren braunen Lockenkopf zu verfolgen. Das ist allerdings ziemlich schwierig, weil sie so klein ist, und es wird noch schlimmer, als Walter Smigley sich in die Menge drängt. Er ist der Eins-achtzig-Riese der Schule und wiegt bestimmt hundertdreißig Kilo.

Smig tritt genau zwischen dich und Emily, und plötzlich hast du sie verloren und bist in Smigs Klasse geraten, die jetzt Werken hat und gerade Metallarbeiten macht. Du versuchst wieder auf den Gang rauszufliegen, aber der Lehrer hat schon die Tür geschlossen. Du beschließt, die Stunde abzuwarten und Emily dann in der nächsten Pause im Gang abzufangen.

Du suchst dir eine schöne sichere Ecke, in der du warten kannst. Aber bald merkst du, dass es hier keine sichere Ecke gibt. Denn die Kinder setzen sich Schutzbrillen auf und zünden Schweißbrenner an.

„Das sieht nicht gut aus", sagst du voller Panik.

Lies weiter auf Seite 87

„Nichts wie raus hier!", summst du zu dir selbst. Du kämpfst dich zum Rand der Kopfbedeckung – es muss eine OP-Haube sein – um zu versuchen, unter dem Gummiband durchzukommen. Du windest dich durch den Haarschopf und schaffst es tatsächlich, dich unter dem Gummi durchzuquetschen. Du sagst dir: Bloß nicht nach unten sehen! Einen Patienten mit aufgeschnittenem Bauch willst du lieber nicht angucken.
Der Mann, in dessen Haaren du dich verfangen hattest, sagt: „Kann mich mal jemand an der Stirn kratzen."
Du siehst hoch. Ein kleines Operationswerkzeug kommt genau auf dich zu.
„Nein!", schreist du summend und landest auf seiner Schulter.
„He, hier ist 'ne Fliege!", sagt jemand. Die Schwester scheucht dich schnell von der Schulter weg und versucht dich zu erschlagen.
„Ihr müsst diese Fliege erwischen, und zwar sofort", sagt eine wütende Stimme. „Ich will nicht, dass sie hier in der Bauchhöhle landet und der Patient sich infiziert."
Als du das hörst, musst du einfach einen Blick riskieren. Früher ist dir bei so was immer schnell schlecht geworden, aber irgendwie sieht dieses klebrige rote Durcheinander von Eingeweiden *anziehend* aus. Lecker. Es erinnert dich daran, dass du Hunger hast.

Lies weiter auf Seite 72

Wusch!, peitscht die Fliegenklatsche wieder. Das war knapp. So knapp, dass der Luftzug der vorbeisausenden Fliegenklatsche dich durch die Luft wirbelt und du auf den Linoleumfußboden zustürzt. Wie ein kleines Propellerflugzeug in einem Tornado versuchst du wieder nach oben zu steigen. Aber es gelingt dir nicht. In schwindelerregendem Tempo knallst du auf den Fußboden.

Doch zu deiner Überraschung bist du nicht verletzt, nur ein bisschen benommen. Dein Kopf fühlt sich an, als sei er zehn Minuten im Küchenmixer gewesen, aber ansonsten ist nichts gebrochen.

Du windest und krümmst dich auf dem Fußboden, bis du schließlich wieder auf den Beinen stehst. Dann beschließt du, noch einmal zu versuchen, deine Mama auf dich aufmerksam zu machen, bevor du aufgibst. Aber du musst dir einen Plan überlegen. Denk nach, sagst du zu dir selbst. Was würde deine Mama davon überzeugen, dass du nicht das eklige, nervende Insekt bist, das sie so gerne zerquetschen will?

Doch bevor dir noch ein Plan einfällt, musst du dich schon wieder in Sicherheit bringen. Ein riesiger Turnschuh rast auf dich zu!

Lies weiter auf Seite 33

Erleichtert fliegst du hoch auf Emilys Schulter, um sie so vielleicht ein kleines bisschen zu trösten.
„Ich werde die Sache kurz mit einem Kollegen besprechen, ich möchte hören, was er dazu meint", sagt Dr. Joyce und verlässt schnell das Untersuchungszimmer.
Ein paar Minuten später geht die Tür wieder auf und ein halbes Dutzend Männer und Frauen in weißen Kitteln und mit Stethoskopen drängen sich in den Raum. Dr. Joyce bittet Emily, alles zu erklären.
Gehorsam erzählt Emily dem neuen Publikum von deinem Onkel und von der Maske, die er dir geschickt hat. Sie beschreibt, was dir heute Morgen passiert ist, und lässt keine der schrecklichen Einzelheiten aus.
Als Emily geendet hat, wendet Dr. Joyce sich an ihre Kollegen. „Das Bemerkenswerte an der Sache ist, dass die Fliege immer noch die Persönlichkeit eines Kindes hat. Sehen Sie." Sie fragt dich: „Was ist dein Lieblingsessen?"
Schnell schreibst du: **PIZZA.**
Jetzt wollen die Ärzte dich alle untersuchen und bombardieren dich mit Fragen. Du versuchst, sie alle zu beantworten, aber du kommst dir langsam wie eine Zirkusattraktion vor.
Zum Glück unterbricht Emily die Ärzte. „Glauben Sie, dass sie ihn zurückverwandeln können?"

Lies weiter auf Seite 41

Ziemlich schnell kommst du zu dem Schluss, dass deine Mama mit ihrer Fliegenklatsche für dich ganz schön gefährlich ist. Deswegen fliegst du etwas niedriger, sodass sie dich nicht sehen kann.

Du bist enttäuscht, dass deine Mama dich als Fliege nicht wiedererkannt hat. Deshalb beschließt du, in deinem Zimmer auf Emily zu warten. Du sagst dir, dass sie dich *bestimmt* erkennen wird … wenn einer solche Sachen mitkriegt, dann sie.

Auf dem Weg nach oben bemerkst du das Spinnennetz, das schon seit Monaten in einer Ecke des Treppenabsatzes hängt. Du schwörst dir, es wegzumachen, sobald du wieder menschliche Gestalt hast. Diese Netze können tödlich sein.

Glücklich, dass du der Gefahr entronnen bist, fliegst du zurück in dein Zimmer.

Du schwebst direkt vor dem Spiegel und entdeckst, dass du noch deine eigenen Haare hast. Du fängst an zu lachen, denn eine blonde Fliege hast du noch nie gesehen.

Aber dann fällt dir wieder ein, dass du es ja selbst bist. Du bist diese Fliege. Sofort vergeht dir das Lachen.

Lies weiter auf Seite 49

Als ihr in der Schule ankommt, hat es schon geklingelt und die Gänge sind leer. Emily hastet zu Mrs Losewitz' Klassenraum, du fliegst direkt hinter ihr.

„Emily!", brüllt Mrs Losewitz. „Du kommst schon wieder zu spät." Mrs Losewitz ist die gefürchtetste Lehrerin der ganzen Schule. Alle nennen sie „Mrs Witzlos", weil sie überhaupt keinen Spaß versteht.

„Entschuldigung, Mrs Losewitz", sagt Emily und lässt sich auf ihren Stuhl plumpsen. „Wird nicht wieder vorkommen."

„Da hast du Recht, es wird nicht wieder vorkommen", sagt Mrs Losewitz wütend. „Heute Abend rufe ich deine Mutter an."

Aus Angst, dass Mrs Losewitz dich bemerkt, fliegst du vorsichtig an der Wand entlang zu Emilys Platz.

„Ich hab ganz schön was gut bei dir", flüstert Emily.

„Was?", summst du.

„Du wirst nicht so einfach davonkommen, nur weil du eine Fliege bist", fährt Emily wütend fort. „Sobald du wieder ein Mensch bist, wirst du mir das bezahlen."

„Emily!", ruft Mrs Losewitz. „Würdest du bitte leise sein? Ich habe ein paar wichtige Ansagen."

Lies weiter auf Seite 20

„Nein", sagt Emily flehend. Sie zeigt auf dich, und du flatterst Mr Scully vor dem Gesicht herum, damit er dich bemerkt. „Sehen Sie die Fliege da? Das ist keine! Ich meine, es ist in Wirklichkeit keine Fliege! Das ist …"

Plötzlich hält Mr Scully Emily den Mund zu. Er hat angefangen zu schielen und dich vor seiner Nase entdeckt. „Psssst", wispert er. „Ich verstehe, was du meinst."

Mr Scullys dicke Colaflaschen-Brillengläser müssen wohl gute Vergrößerungsgläser sein, denn du hast das Gefühl, dass er dein Gesicht deutlich erkennen kann. Er streckt die Hand aus, damit du darauf landen kannst. Vorsichtig trägt er dich zu seinem Pult. Er nimmt eine Lupe in die Hand und betrachtet dich noch genauer.

„Hmmm", murmelt er nach einer Weile. „Endlich mal ein Schüler, der in meinen Unterricht kommen *muss*." Er lacht leise.

Du antwortest mit einem wütenden Summen.

„Na, na, na", sagt Mr Scully mit erhobenem Zeigefinger. „Nur die Ruhe. Wenn du wieder ein normaler Schüler werden willst, solltest du dich lieber gut benehmen."

„Mr Scully, Sie müssen uns helfen!", bittet Emily.

Lies weiter auf Seite 24

Die Ärzte rennen aus dem Zimmer und machen sich auf die Suche nach einem Stück verschimmeltem Käse. Dr. Mowbray wendet sich jetzt an Emily und deine Mama und erklärt die Sache noch genauer. „Wissen Sie, vor Kurzem habe ich einen Artikel in *Entomologie heute* gelesen, in dem die Rede davon war, dass die Gene der *Diptera transmograe* denen des Schimmels ähneln. Diesem Artikel zufolge funktionieren die Gene in einer Hinsicht nahezu identisch: Sie vermehren und verändern die Zellstruktur mit unglaublicher Geschwindigkeit. Ich bin sehr neugierig, ob diese Theorie stimmt."

Deine Mama schüttelt den Kopf. „Ich verstehe das immer noch nicht. Wollen Sie damit sagen, dass irgend so ein Stück Schimmel mir mein Kind wiederbringt?"

Bei der Vorstellung, einen großen Bissen verschimmelten Käse essen zu müssen, musst du fast würgen. Aber vielleicht liegt es auch nur daran, dass sie dich „Kind" genannt hat.

„Vereinfacht gesagt, ja", antwortet Dr. Mowbray. „Aber die Sache ist noch etwas komplizierter. Im Artikel wurde nicht davon gesprochen, was passieren könnte, wenn man eine *Diptera transmograe* tatsächlich Sporen fressen lässt."

„Es könnte also tödlich sein?", unterbricht Emily.

Dr. Mowbray nickt. „Das wäre möglich, aber Schimmel ist harmlos, wenn man ihn in geringen …"

Lies weiter auf Seite 70

Voller Schrecken beobachtest du, wie Emily ans Bücherregal geht und sich einen Briefbeschwerer schnappt. Du versuchst dich zu bewegen, aber du bist noch zu nass. Emily hebt die Hand mit dem Briefbeschwerer. Sie macht ein grimmiges Gesicht und knallt ihn wie wahnsinnig auf deinen Lieblingsfüller. Dann schüttelt sie einen Tropfen Tinte aus dem Füller auf ein Stück Papier.

„Tauch ein Bein in die Tinte und schreib auf, was du mir sagen willst", erklärt sie und nimmt wieder die Lupe in die Hand.

Du grinst von einem Auge zum anderen. Du wusstest, dass Emily eine Lösung einfallen würde.

In dünner, krakeliger Schrift schreibst du: **LIES DEN BRIEF.**

Emily sucht auf deinem Schreibtisch herum, bis sie den Brief deines Onkels findet. „Was ist denn schiefgegangen?", fragt sie. „Was hast du gemacht?"

Du schüttelst den Kopf und zuckst mit den Schultern.

Emily versteht dich nicht und deutet auf den Zettel. „Schreib", befiehlt sie.

WEISS NICHT. HAB MASKE GESTERN AUFGESETZT. BIN ALS FLIEGE AUFGEWACHT.

Puh! Es war harte Arbeit, so viele Wörter zu schreiben. Du hoffst, dass Emily erst mal keine weiteren Fragen mehr hat.

Lies weiter auf Seite 25

„Es ist ganz einfach“, sagt Mr Scully und zieht ein Buch aus dem Regal. „Wenn ich ein Enzym finden kann, das diese Art von Zellwand aufbricht, dann könnte unser kleiner Freund hier ganz schnell seine frühere Gestalt zurückbekommen.“
Mr Scully blättert in einem Buch über Mikrobiologie. „Da steht's ja!“, ruft er nach ein paar Minuten.
Die Schüler hören auf zu schreiben und sehen überrascht nach vorne.
„Macht weiter, macht weiter“, sagt Mr Scully. „Werdet langsam fertig. Ihr habt nur noch ein paar Minuten.“
Die Schüler kritzeln wieder wie wild drauflos.
„Ich hab genau den richtigen Trick gefunden“, sagt Mr Scully, während er Bechergläser und Reagenzgläser aus einer Schublade zieht. Dann zündet er einen Bunsenbrenner an.
Hoffentlich will er keine Grillfliege aus dir machen.
Mr Scully erhitzt eine kleine Menge dieser klebrigen Flüssigkeit, mit der er dich vorhin begossen hat, bis sie überkocht. Dann zieht er sie in eine Pipette.
„Das könnte jetzt ein bisschen wehtun“, sagt er geistesabwesend. Er lässt einen kleinen Tropfen der Flüssigkeit auf dich fallen.
„Aaaaah!“, schreist du. Der kochend heiße Tropfen ist für dich fast wie ein Wasserfall, der dich ertränkt und verbrennt.

Lies weiter auf Seite 79

68

Als du versuchst aufzustehen, fliegst du plötzlich in die Luft! Du siehst dich um, was da passiert ist, und merkst, dass du einen Meter über deinem Bett schwebst. Dein Körper ist verschwunden! Im Spiegel kannst du dich nicht mehr sehen. Du erkennst nur deine Poster an den Wänden und die vollgestopften Regale. Dann entdeckst du einen kleinen dunklen Fleck im Spiegel. Du gehst näher heran, um ihn genauer zu betrachten. Es ist eine Fliege ... Und diese Fliege bist du!

Das kann nicht sein. Das widerspricht allen Naturgesetzen! Völlig geschockt betrachtest du dich noch einmal lange und ganz genau im Spiegel.

Es gibt keinen Zweifel – du bist ein Fliege!

Es muss etwas mit der Maske zu tun haben, die Onkel Bill dir geschickt hat!

Sofort willst du nach unten zu deiner Mama sausen. Sie wird wissen, was zu tun ist. Aber dann überlegst du dir, dass diese Idee vielleicht doch nicht so gut ist. Sie wird dich nicht erkennen. Und sie hasst Insekten noch mehr als du!

**Wenn du zu deiner Mama willst,
lies weiter auf Seite 15**

**Wenn du versuchen willst,
das Problem auf eigene Faust zu lösen,
lies weiter auf Seite 49**

Es riecht göttlich. Jetzt bist du zur Abwechslung mal froh, dass du eine Fliege bist. Sonst wäre dir von dem Geruch wahrscheinlich schlecht geworden. Jeder weiß ja, wie fürchterlich Krankenhausessen ist.
Du vergewisserst dich, dass die Luft rein ist, und machst einen Sturzflug in den Kartoffelbrei. Deine Füße versinken in der matschigen, warmen Pampe.
Mmmmm. Mit der Zunge schlabberst du eine winzige Portion vom Kartoffelbrei, gerade groß genug, um deinen Magen zu füllen.
Jetzt musst du unbedingt noch die mit Käse überbackenen Makkaroni probieren, dein Lieblingsessen. Hoffentlich sind sie so lecker wie die, die deine Mama macht. Sie bereitet sie immer genau nach den Anweisungen auf der Packung zu. Es ist das einzige von ihren Gerichten, das du magst.
Der klebrige orangefarbene Käse umschließt deine Beine und zieht dich nach unten.
„Die Nudeln sind lebendig!“, schreist du erschrocken, als du plötzlich in das Innere einer Makkaroni rutschst. Das Loch ist weit offen und du versuchst verzweifelt, deine Flügel auszubreiten und abzuheben.
Aber diesmal hast du kein Glück. Du wirst immer tiefer in die Nudel gesaugt. Der Käse ist so rutschig, als wären die Nudeln eingefettet – du kannst dich nirgendwo festhalten. Stattdessen schlitterst du immer tiefer in den Klebkram.

Lies weiter auf Seite 36

Einer der Ärzte platzt in den Raum. Er reicht Dr. Mowbray ein altes Käsebrot, als sei es eine Opfergabe.
„Hervorragend", sagt Dr. Mowbray und legt das Brot vor dich hin.
Es sieht ekelhaft aus, aber du streckst trotzdem die Zunge aus und leckst daran. Du versuchst etwas runterzuschlucken, aber das ist nicht so einfach. Schimmel ist nicht gerade dein Lieblingsessen, selbst als Fliege. Du beißt noch einmal ab und zwingst dich, den Bissen nicht wieder auszuspucken.
„Ich glaube, ich muss mich übergeben", sagst du. Du erwartest, dass keiner dein Summen versteht.
„Was hast du gesagt?", fragt Emily.
„Ich hab gesagt, ich glaube, ich muss mich übergeben!", wiederholst du.
Plötzlich fängt Emily an, wild auf und ab zu hüpfen. „Ich habe verstanden, was er gesagt hat! Ich hab ihn verstanden!"
Du siehst dich um. Alle lächeln dich an. Dann guckst du auf deine Beine – und siehst nur zwei!
Du hast deine normale Gestalt wieder! Du betrachtest dich von oben bis unten, um zu sehen, ob auch alles da ist. Es ist alles in Ordnung!
Die Ärzte klopfen Dr. Mowbray auf die Schulter und gratulieren ihm zu seinem Erfolg.

Lies weiter auf Seite 82

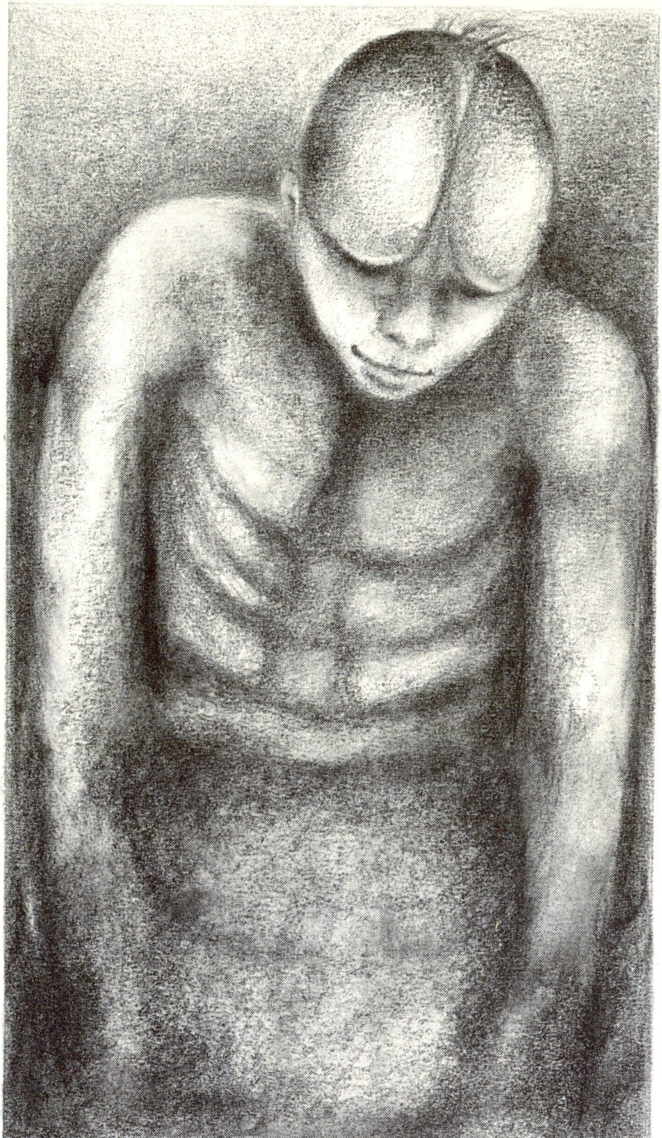

Der Luftzug einer Hand, die nach dir schlägt, bringt dich fast aus dem Gleichgewicht.
Raus hier! Raus hier!, sagst du zu dir selbst. Es fällt dir zwar schwer, aber du trennst dich von den köstlich aussehenden Eingeweiden und fliegst zur Tür raus.
Auf dem Gang beschließt du, erst mal Emily zu suchen. Du weißt aber nicht mehr, von wo du gekommen bist. Während du in dem Haarschopf gefangen warst, hast du total die Orientierung verloren.
„Dieses Krankenhaus ist viel zu groß“, murmelst du, als du ziellos durch die Gänge fliegst.
Überall laufen Leute hin und her – Pfleger schieben Liegen, Schwestern bringen Medizin, und Ärzte eilen zu Notfällen. Du wirst ganz wirr im Kopf.
Du musst unbedingt Emily wiederfinden, gleichzeitig aber aufpassen, dass die Krankenhausangestellten dich nicht entdecken. Fliegen gehören nicht in ein Krankenhaus – sie werden dich zu Brei zerquetschen!
Du summst einen Gang entlang und um eine Ecke. Dann kommst du an ein großes Fenster und siehst dahinter einen ganzen Raum voll süßer kleiner Babys. Es ist die Säuglingsstation, wo die Neugeborenen liegen. Durch das große Fenster können die Besucher die Kleinen angucken. Du fliegst rein, um dir die Sache näher anzusehen.

Lies weiter auf Seite **13**

„Ich weiß nicht so recht", antwortet Emily enttäuscht. „Ich muss in den Unterricht." Sie holt ihr Mathebuch aus dem Schließfach.

NICHT GUT!, schreibst du. **KANN HIER NICHT BLEIBEN.**

Emily sieht dich verwundert an. Sie versteht nicht, was du meinst.

Du tauchst dein Bein noch mal in die Tinte. Langsam wird diese Schreiberei echt nervig. Thomas Jefferson hat die ganze Unabhängigkeitserklärung mit einer Gänsefeder geschrieben. Wie hat er das bloß geschafft? Aber es muss sein. **ZU GEFÄHRLICH IN DER SCHULE**, schreibst du.

„Oh", sagt Emily. Jetzt kapiert sie, worüber du dir Sorgen machst. „Wahrscheinlich hast du Recht. Du solltest lieber nach Hause gehen und da auf mich warten. Ich werde Mr Scully nach der Schule mit zu dir nach Hause bringen – und wenn ich ihn kidnappen muss!"

DANKE, schreibst du als Antwort.

„Meinst du, du schaffst es bis nach Hause?", fragt Emily besorgt.

Es ist nur ein kurzer Weg. **KLAR.**

Pünktlich um Viertel nach drei stürmt Emily in dein Zimmer. Sie wirft ihren Rucksack auf dein Bett ohne zu sehen, dass du dort hockst. Fast hätte sie dich platt gemacht.

Lies weiter auf Seite 85

Emily schnappt sich das Päckchen und reißt es auf. Du fliegst über ihr und siehst einen Brief und einen kleinen Umschlag. Emily öffnet den Brief und ihr lest gemeinsam:

Hi!
Ich nehme an, es war keine so tolle Idee, dir die Maske zu schicken. Wenn du es noch nicht gemerkt hast, die Maske verwandelt tatsächlich Menschen in Fliegen. Falls dir das passiert ist, findest du in dem Umschlag ein Gegenmittel. Es ist ein Pilz, der hier in der Gegend auf Getreide wächst. Aber falls du die Maske noch nicht aufgesetzt hast: SETZ SIE NICHT AUF!

Am Schluss des Briefes steht noch, wie man die Maske säubert, damit sie nicht mehr gefährlich ist.
„Die Erklärung kommt ein bisschen spät“, murmelt Emily.
„Mach den Umschlag auf!“, summst du, so laut du kannst.
Durch dein Summen wird Emily wieder auf dich aufmerksam. Sie öffnet den Umschlag und schüttelt etwas braunen Staub auf deine Schreibtischplatte.

Lies weiter auf Seite 84

MACHT NICHTS. NUR UM AN DER SCHWESTER VORBEIZUKOMMEN, schreibst du.

„Ja, klar", sagt Emily laut. „Eins nach dem anderen!"

Die Leute im Wartezimmer sehen sie an, als sei sie verrückt geworden, aber Emily merkt es gar nicht. Sie rast sofort wieder zum Empfang.

Emily schlägt mit den Händen auf den Tresen und schreit: „Hey! Hey! Helfen Sie mir! Ich bin krank! Ich glaube, ich muss sterben!"

Die Gorilla-Schwester trampelt auf Emily zu. „Was ist los?", fragt sie.

„Ich hab wahnsinnige Schmerzen, hier", sagt Emily und deutet auf ihren Kopf. „Ich hab das Gefühl, mein Kopf explodiert gleich!" Sie legt die Hände an die Stirn und stöhnt.

Die Krankenschwester zieht einen Stapel Formulare aus einer Schublade. „Hier, die füllst du bitte aus, und dann wird sich sobald wie möglich ein Arzt um dich kümmern", sagt sie. „Und wir müssen deine Eltern anrufen."

Emily wirft einen Blick auf die Formulare und stöhnt noch lauter. Dann verdreht sie die Augen, schwankt und fällt wie ohnmächtig zu Boden.

„Pfleger! Bring das Mädchen ins Untersuchungszimmer vier, aber flott!", ruft die Schwester.

Lies weiter auf Seite 88

Nach dem Telefongespräch legst du die Maske wieder weg, machst deine Hausaufgaben, übst deinen Text für das Theaterstück und vertrödelst noch ein bisschen Zeit mit deinem Lieblings-Videospiel. Dann machst du dich fertig fürs Bett. Aus irgendeinem Grund juckt deine Kopfhaut.

Als das Licht aus ist und du gerade einschlafen willst, wird das Jucken schlimmer. Jetzt juckt nicht nur der Kopf, sondern auch die Schultern, Arme und Beine. Es fühlt sich an, als würden Tausende von Insekten auf dir herumkrabbeln. Du musst an die Nacktschnecken im Garten denken und stellst dir vor, mit Schnecken bedeckt zu sein. Sie zerkauen deine Haut zu blutigem Brei.

Das Jucken wird jetzt so unerträglich, dass du nach deiner Mama rufst. Aber deine Stimme klingt seltsam, und niemand antwortet. Du versuchst aus dem Bett zu klettern, aber plötzlich kannst du dich nicht mehr bewegen. Stattdessen schwebt dein Körper ein paar Zentimeter über dem Bett! Und das Jucken wird immer schlimmer! Doch es scheint so, als könntest du nichts tun als deine Arme und Beine aneinanderzureiben. Das hilft ein bisschen, aber die Schmerzen gehen davon nicht weg.

Lies weiter auf Seite 47

Dr. Joyce hebt die Hand. „Warte mal. Warte mal." Sie dreht sich um und streckt den Kopf aus der Tür. „Hol mal jemanden aus der Psychiatrie, aber schnell", sagt sie zu einer Person auf dem Gang.

„Nein!", sagt Emily bittend. „Ich bin nicht verrückt." Sie schnappt sich ein komisch aussehendes Instrument, an dem eine Lupe dran ist, aus der Kitteltasche der Ärztin. „Sehen Sie!", sagt sie und hält die Lupe über dich.

Nach kurzem Zögern kommt Dr. Joyce näher und starrt durch die Lupe.

„Meine Güte!", ruft sie. „Wie kann das sein? Eine Fliege mit blonden Haaren." Sie beugt sich vor und sieht genauer hin. „Das widerspricht den Naturgesetzen …" Dr. Joyce verstummt und stupst dich mit einem medizinischen Instrument aus kaltem Metall an.

Du zuckst vor Schreck zusammen.

Dr. Joyce sieht Emily an und sagt: „Das ist ein Witz, oder?" Sie starrt wieder durch die Lupe. „Wie hast du die blonden Haare auf die Fliege gekriegt? Du bist ganz schön schlau."

„Es ist echt", sagt Emily flehend. „Diese Fliege ist wirklich ein Mensch. Sie müssen uns helfen!"

Lies weiter auf Seite 51

Dein Kopf pocht so laut, dass du nichts anderes mehr hörst. Du wirst immer größer und größer. Die Makkaroniröhre wird plötzlich zu eng und platzt auf!

Voller Panik schreist du auf. „Aaaah!“ Es klingt gar nicht mehr so summend. Dein Schrei klingt fast wie deine eigene Stimme. Du siehst an dir hinunter. Dein Körper ist nicht mehr mit Haaren bedeckt. Du bekommst wieder menschliche Haut. Die Fliegenbeine verschwinden und stattdessen wachsen dir Arme, Beine, Hände und Füße!

Du spürst, wie dein Körper viel, viel schwerer wird und du tiefer in die Käsemakkaroni sinkst, die zu einem einzigen Brei zerdrückt werden.

Eine weiß gekleidete Frau mit einem Haarnetz stürmt aus der Küche. „Rufen Sie den Sicherheitsdienst!“, schreit sie und rennt wieder zurück. „Hier sitzt jemand in den Käsemakkaroni!“

„Ja!“, rufst du jubelnd. Du bist wieder ein Mensch!

Und liegst in einer großen Portion Käsemakkaroni! Mitten in einem Krankenhaus!

Ganz allein!

Ende

„Was machen Sie da?", ruft Emily erschrocken, als sie sieht, wie du dich in der Petrischale krümmst.
„Keine Sorge", beruhigt Mr Scully sie. „Ich versuche nur, die Zellwände aufzubrechen. Der menschliche Teil deines Freundes ist nämlich nicht verschwunden. Er ist nur in die winzige Gestalt einer Fliege gepresst worden."
Während Mr Scully noch erklärt, bekommst du plötzlich ein komisches Gefühl. Dein Körper kribbelt und wird größer.
Mr Scully legt dich noch mal unters Mikroskop und pfeift durch die Zähne. „Es scheint zu funktionieren."
Du nickst begeistert, denn du spürst schon eine deutliche Veränderung. Dein Bauch fühlt sich aufgebläht an, als hättest du zu viel Mineralwasser getrunken. Dann schwellen deine Beine an, bis sie fast platzen. Zuerst meinst du, dass es nur Brandblasen von der heißen Flüssigkeit sind. Es fühlt sich an wie ein riesiger Ausschlag.
Aber Mr Scully lächelt. „Gut, gut. Sehr gut."
Du spürst, wie du immer schwerer wirst. Du dehnst dich aus wie ein trockener Schwamm, der in eine Pfütze geworfen wird. Aber anders. Ganz anders.
„Ja! Ja! Ja!", zischt Mr Scully.

Lies weiter auf Seite 89

Verzweifelt summst du um Emily herum, damit sie dich bemerkt. Und du schaffst es auch, allerdings nicht so, wie du wolltest. Sie wedelt wie verrückt mit den Armen vor dem Gesicht herum. Dann öffnet sie das Fenster, um dich rauszuscheuchen.

Du weichst ihren wedelnden Händen aus und saust vom Fenster weg. Du bist froh, dass Emily wirklich jemand ist, der keiner Fliege etwas zu Leide tun kann.

„Es reicht, Emily! Ich bin's. Ich hab mich in eine Fliege verwandelt!", schreist du. Aber Emily kann dich nicht verstehen. Sie hört nur ein nerviges Gesumme, das einfach lauter wird, wenn du redest.

Als Emily gerade wieder gehen will, kommt dir eine Idee, wie du ihre Aufmerksamkeit auf dich lenken kannst.

Du siehst, dass das Fenster von innen ein bisschen beschlagen ist. Das ist ideal, um darauf eine Nachricht zu schreiben. Schnell schleppst du deinen Körper über das nasse, kalte Fenster und malst den Namen **EMILY** und ein Ausrufezeichen.

Aber Emily guckt in die andere Richtung. Sie hat die Maske von deinem Onkel gefunden und betrachtet sie mit deiner Lupe.

„Cool – die Fliegenmaske", sagt sie.

Lies weiter auf Seite 54

„Aber Mr Scully", bettelt Emily.

Doch Mr Scully hat ihr schon den Rücken zugedreht. „Wir haben doch schon tausendmal darüber gesprochen. Ich bekomme deinetwegen Ärger mit den anderen Lehrern. Und jetzt ab in den Unterricht."

Mr Scully schiebt Emily aus der Tür und sagt das Experiment an, das die Schüler machen sollen.

Du sitzt auf einem der Labortische, fassungslos über Mr Scullys Antwort. Emily ist seine Lieblingsschülerin. Du hättest nie gedacht, dass er ihr eine solche Abfuhr erteilen würde. Du willst ihr hinterherfliegen, aber da merkst du, dass die Tür zu ist. Mr Scully hat sie hinter Emily geschlossen.

Du suchst dir eine Ecke, in der du die Stunde abwarten kannst. Doch da steckt Emily noch mal den Kopf durch die Tür.

„Raus!", schreit Mr Scully und zeigt mit dem Finger auf die Tür.

Emily hält die Tür lange genug auf, um dich rauszulassen. Du summst dankbar und landest auf ihrer Hand.

„Ich wusste einfach, dass du noch drin bist!" Sie trägt dich zu ihrem Schließfach und setzt dich neben ihrem Heft mit der Tintenpfütze ab.

Du hopst auf das Papier und schreibst: **WAS JETZT?**

Lies weiter auf Seite 73

Freundlich nimmt Dr. Mowbray die Lobeshymnen entgegen. Dann öffnet er die Tür, dreht sich aber noch einmal zu den Ärzten im Raum um und verbeugt sich. In diesem Moment platzt dein kleiner Bruder Jake durch die Tür und knallt gegen Dr. Mowbrays Beine.
„Mama!“, ruft Jake und bleibt dann abrupt stehen.
Alle starren ihn schockiert an. Das darf nicht wahr sein. Aber tatsächlich: Jake trägt die Fliegenmaske.
Deine Mama kreischt und fällt in Ohnmacht.
Du lässt dich auf die Liege fallen. „Geht das schon wieder los“, stöhnst du. „Hey, Doc, Sie sollten lieber noch was von diesem Käse besorgen. Sieht so aus, als würden wir es noch brauchen.“

Ende

Du landest neben dem Staub und fängst an zu essen. Es schmeckt ziemlich eklig, aber vom ersten Bissen an spürst du, dass du dich veränderst. Du fühlst dich wie ein Magnet, auf den alle Moleküle im Zimmer zuströmen. Erst schwillt dein Kopf an, dann dein Körper. Deine Arme und Beine bekommen wieder ihre normale Gestalt. Deine Flügel fallen wie tote Hautschuppen von dir ab.

„Es funktioniert!", schreit Emily. „Du wirst wieder ein richtiger Mensch!"

Du spürst, wie dir Fingernägel und Haare wachsen. Alles passiert unglaublich schnell. Schon nach ein paar Minuten hockst du in deiner normalen Größe auf dem Schreibtisch.

Emily bricht in hysterisches Lachen aus.

„Was ist los? Bin ich wieder ganz?", fragst du. Dann siehst du an dir hinunter. „Aaaaaah!" Deine Arme und Beine sind mit borstigen schwarzen Haaren bedeckt. Sie wachsen dicht an dicht!

Emily hält sich den Bauch vor Lachen. „Das Gute an der Sache ist, dass du wieder ein Mensch bist. Vielleicht fallen die Haare nach ein paar Tagen aus."

„Ich will's hoffen", antwortest du, froh darüber, dass du wieder deine Stimme hörst und kein Summen. „Das mit den Haaren ist auf jeden Fall besser als Hosen mit sechs Beinen tragen zu müssen."

Ende

Du fliegst hoch an die Decke, wo du in Sicherheit bist. Emily läuft im Zimmer auf und ab und sucht dich. „Mr Scully konnte nicht kommen“, sagt sie. „Er hat gesagt, er hätte einen Notfall und wir müssten es morgen besprechen.“
Du landest auf deinem Schreibtisch und summst, so laut du kannst. Womöglich musst du für immer eine Fliege bleiben! Emily sieht dich wie verrückt auf einem kleinen Päckchen auf und ab hüpfen, das heute mit der Post gekommen ist. Deine Mama hat es in dein Zimmer gebracht, und du hast sofort die brasilianische Briefmarke entdeckt. Du hast schon sehnsüchtig auf Emily gewartet – vielleicht ist es von Onkel Bill!

Lies weiter auf Seite 74

Plötzlich platzt eine Ärztin im Eiltempo in den Raum. Noch bevor sie Emily sieht, fragt sie schon: „Okay, was fehlt Ihnen?"

„Äh … äh …" Emily weiß nicht so recht, was sie sagen soll. Sie starrt nur auf das Namensschildchen der Ärztin, auf dem DR. JOYCE steht. Sie weiß nicht, wie sie erklären soll, was passiert ist.

Aufgeregt summst du der Ärztin vor dem Gesicht rum. Sie versucht dich wegzuscheuchen. „Komm mal jemand rein und erledige diese Fliege!", ruft sie.

„Neeeein!", schreit Emily. „Töten Sie die Fliege nicht", bittet sie. Sie zeigt auf dich. Du hast dich, so schnell du konntest, in eine Ecke des Zimmers verzogen. „Die Fliege ist mein bester Freund."

Du landest auf dem Untersuchungstisch neben ihr und nickst heftig. Aber die Ärztin bemerkt dich gar nicht.

„Wie bitte?", fragt Dr. Joyce.

Emily versucht es hastig zu erklären. „Die Fliege ist mein bester Freund. Er wohnt neben mir und wir sind jeden Tag zusammen. Er ist nicht wirklich eine Fliege. Er ist ein Mensch, der sich in eine Fliege verwandelt hat. Sein Onkel hat ihm eine Maske vom Amazonas geschickt und die hat magische Kräfte, durch die er in eine Fliege verwandelt worden ist."

Lies weiter auf Seite 77

Smig richtet den Schweißbrenner in deine Richtung, um die Flamme einzustellen. Dann rückt er seine Schutzbrille zurecht und fängt an, zwei Metallplatten zusammenzuschweißen. Hunderte winziger Funken schießen bis zu dir hoch in die Luft.

Das wäre nicht so schlimm, wenn du normale Größe hättest, aber wenn man nur einen Zentimeter lang ist, wirkt so ein Funkenregen wie ein Meteoritenhagel. Du merkst schnell, dass Fliegen keine Brandblasen bekommen, aber du hast keine Lust herauszufinden, ob man sie vielleicht grillen kann.

Schnell saust du an die Decke und hockst dich neben eine Neonröhre. Du bist froh, dass du nicht gebraten worden bist.

Als es klingelt, beeilst du dich aus dem Klassenzimmer zu kommen und summst zurück zu Emilys Matheraum. Sie ist schon weg, du entdeckst sie aber zwischen zwei größeren Schülern im Gang auf dem Weg zu ihrem Schließfach.

„Da bist du ja!“, sagt Emily erleichtert, als du auf ihrer Hand landest. „Ich dachte schon, ich hätte dich für immer verloren. Ich hab mir solche Sorgen gemacht, dass ich von der Mathestunde überhaupt nichts mitgekriegt hab.“

Du summst, so laut du kannst, um ihr deine Dankbarkeit zu zeigen.

Lies weiter auf Seite **92**

Ein kleiner, dürrer Pfleger, der so aussieht, als könnte er kaum ein Blatt Papier heben, rollt eine Liege heran und hebt Emily vorsichtig darauf. Dann schiebt er sie in einen hell erleuchteten Raum mit lauter Schränken, die vollgestopft sind mit Verbandsmaterial, Operationsbestecken und seltsamen Instrumenten, die aussehen wie direkt aus Frankensteins Labor.

Emily liegt absolut unbeweglich.

Du schwirrst ganz in der Nähe herum und beobachtest die Situation. Es ist unglaublich, wie gut Emily schauspielert. Nicht mal ihre Augenlider bewegen sich! „Wow!“, summst du voller Bewunderung.

Aber Emily bewegt sich nicht. Du siehst kein einziges Zucken.

Dann verlässt der Pfleger den Raum, und ihr seid allein im Untersuchungszimmer. Du hast Durst. Seit einer Pfütze auf dem Bürgersteig vor dem Krankenhaus hast du nichts mehr getrunken.

In einer Ecke des Zimmers befindet sich ein Waschbecken mit einem tropfenden Wasserhahn. Du landest neben dem Abfluss und saugst etwas Wasser auf.

PLATSCH!

Ein riesiger Tropfen spült dich beinahe in den Abfluss. Voller Schrecken hüpfst du auf den Rand des Waschbeckens.

Lies weiter auf Seite 30

Du wirfst Emily einen Blick zu. Sie hüpft begeistert auf und ab.

Mr Scully legt den Objektträger, auf dem du sitzt, vorsichtig hinter sein Pult auf den Fußboden. So hast du Platz zum Wachsen, ohne dass die Schüler dich sehen.

Plötzlich wird dir kalt. Deine Haut bekommt langsam wieder ihre frühere Farbe. Du spürst, dass deine Hände zurückkommen und deine Beine wachsen. Alles geht ganz langsam.

Du hebst den Kopf und siehst, dass Mr Scully nicht mehr neben dir steht. Er spricht zu den Schülern. Alles wirkt wie weit entfernt. Du weißt nicht, wo Emily ist. Dein Körper verändert sich so schnell, dass du deine Umgebung gar nicht mehr richtig wahrnehmen kannst. Aber gleichzeitig hast du das Gefühl, deine Verwandlung dauere entsetzlich lange.

Du hast dein Zeitgefühl total verloren. Du weißt nicht mehr, ob die Stunde schon vorbei ist und die nächste angefangen hat. Du konzentrierst deine ganze Energie auf deinen wachsenden Körper.

Das Blut pulsiert durch deine Adern und du spürst ein Pochen im Kopf. Dein Magen dehnt sich rasend schnell aus.

Nach einer Weile bemerkst du, dass Emily auf dich heruntersieht.

Lies weiter auf Seite 44

90

Obwohl du so schnell fliegst, wie du nur kannst, ist es ganz schön schwer, mit Emily mitzuhalten. Das Fliegen ist echt nicht so leicht wie du gedacht hattest. Völlig erschöpft lässt du dich auf ihr Bett fallen und schnappst nach Luft.

Einen Moment lang glaubst du, Emily habe dich vergessen. Aber dann, als sie ihr Mathebuch in ihren Rucksack stopft, erklärt sie dir ihren Plan. „Mach dir keine Sorgen", sagt sie tröstend. „Ich wette, Mr Scully fällt irgendwas ein. Schließlich ist er Biologe. Und er liebt Insekten."

Lies weiter auf Seite 57

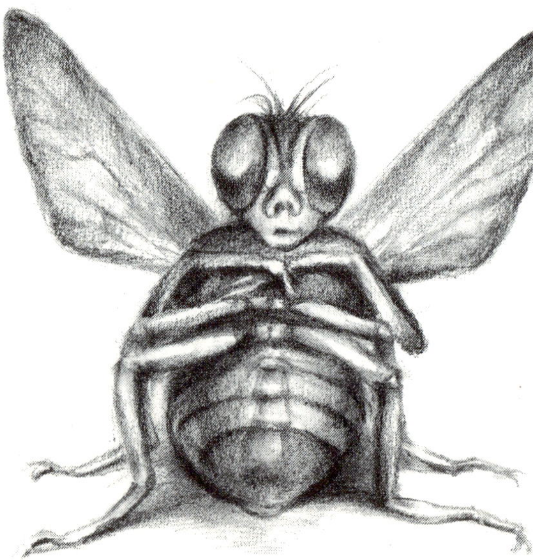

Hals über Kopf stürzt du dich auf die Tomaten und landest auf dem Fruchtfleisch einer saftigen Scheibe.
Ahhhhhhh. Deine Gebete wurden erhört. Der entsetzliche Schmerz verschwindet und übrig bleibt nur ein dumpfes, kaum wahrnehmbares Pochen. Du genießt die angenehme Kühle der matschigen Tomatenscheibe … knabberst hier und da ein leckeres Stückchen ab …
Klatsch!
Zusammen mit dem Tomatenstück bist du auf dem Küchentisch zu Brei zerquetscht worden. Die Handfläche deiner Mama zerdrückt dich auf der harten Oberfläche. Jetzt bist du nur noch ein Fleck auf dem Küchentisch. Für immer und ewig. Deine Mama wischt deine sterblichen Überreste weg, wirft die Tomate in den Müll und macht das Sandwich fertig. Und du bist erledigt.

Ende

Emily setzt sich vor ihrem Schließfach auf den Boden und zieht einen Stift aus der Tasche. Sie beißt kräftig auf das vordere Ende und bricht den Stift auf. Ein bisschen Tinte läuft aus ihrem Mundwinkel. Sie schüttelt ein paar Tropfen aus dem Stift in ihr Heft.

„Wir müssen besprechen, was wir jetzt machen", flüstert sie.

Du landest neben der Tintenpfütze und machst dich bereit zum Schreiben. „Vor der Biostunde kommt noch Englisch, Kunst und die Mittagspause", sagt sie.

Du bist besorgt. So lange kannst du nicht warten! Schnell schreibst du in Emilys Heft: **DAS DAUERT ZU LANGE.**

Emily nickt. „Das hab ich auch gedacht. Wir müssen jetzt gleich mit Mr Scully reden. Noch bevor die nächste Stunde anfängt."

Es klingelt. Noch zwei Minuten bis zur nächsten Stunde.
„Los, komm!“, summst du und fliegst den Gang entlang in Richtung Biologielabor.
„Ich komme sofort“, sagt Emily. Sie stopft ihre Bücher und Hefte in ihr Schließfach und passt auf, dass sie die Tinte nicht verschüttet, falls ihr sie später noch mal braucht.

Lies weiter auf Seite 22

Als du in den wahnsinnigen Chor einstimmst, vergisst du langsam deinen Plan, nach Hause zurückzukehren und Emily zu suchen. Die Erinnerung an die Maske deines Onkels, dein Zimmer und deinen geliebten Baseballhandschuh wird verschwommen und blass. Du kannst dich nicht mehr daran erinnern, wie deine Mama und dein Dad aussehen, geschweige denn dein nerviger kleiner Bruder. Du hast auch schon vergessen, dass du heute Nachmittag eigentlich im Theaterstück deiner Schule auftreten solltest. Du kannst also nicht mal mehr die Freude darüber genießen, dass du es verpasst.
Bevor du überhaupt kapierst, was los ist, saust du wie wild geworden durch den Müllcontainer, genau wie die zahllosen anderen Fliegen, die hier fressen. Du bist nur noch von einer Sache besessen: Nahrung. Leckere, saftige, stinkende, verfaulte Essensreste.
Dein bisheriges Leben ist vergessen. Du bist eine Fliege, und mehr nicht.
BSSS!

Ende

Ravensburger Bücher

1000 GEFAHREN
DU ENTSCHEIDEST SELBST!

Unter Haien

ISBN 978-3-473-**52365**-8

Fremde Planeten

ISBN 978-3-473-**52366**-5

Blutige Bisswunden

ISBN 978-3-473-**52367**-2

Gigantische Wellen

ISBN 978-3-473-**52369**-6

Ravensburger

RTB_08_014